Lois Lowry
Anastasia nicht zu bremsen

D1393571

Lois Lowry

Anastasia
nicht zu bremsen

Aus dem Amerikanischen
von Anne Braun

Deutscher Taschenbuch Verlag

Ungekürzte Ausgabe
In neuer Rechtschreibung
August 2004
Deutscher Taschenbuch Verlag GmbH & Co. KG, München
www.dtvjunior.de
© 1987 Lois Lowry
Titel der amerikanischen Originalausgabe:
›Anastasia's Chosen Career‹,
1987 erschienen bei Houghton Mifflin Company, Boston
© der deutschsprachigen Ausgabe:
2000 Loewe Verlag GmbH, Bindlach
Umschlagkonzept: Balk & Brumshagen
Umschlagbild: Silke Brix
Gesetzt aus der Aldus 11,25/14,5'
Gesamtherstellung: Ebner & Spiegel, Ulm
Printed in Germany · ISBN 3-423-70863-8

Was in diesem und allen anderen Büchern
aus dieser Reihe passiert, ist frei erfunden.
Ich habe mir die Handlung ausgedacht
und auch die Personen und ihre Namen.
Ehrenwort!
Dies vorausgeschickt, möchte ich diesen Band
den folgenden, mir nicht persönlich
bekannten Menschen widmen:
Dr. M. Krupnik von der Universität Chicago,
der mir 1981 schrieb.
Seiner Frau Kathryn Krupnik.
Hochwürden Robert Giannini,
Dekan der Cathedral Church von St. Peter,
St. Petersburg, Florida, der mir 1985 schrieb.
Und den vielen, vielen Anastasias.

Eins

Jeder Mensch auf dieser Welt fährt Ski, nur ich nicht«, teilte Anastasia ihrer Familie mit, während sie eine zweite Portion Nachtisch nahm. Es gab Apfelauflauf, eine ihrer Leibspeisen.

»Ich fahre auch nicht Ski«, gab Sam, ihr kleiner Bruder, mit vollem Mund zu bedenken.

»Na ja, du bist ja auch erst drei Jahre alt«, erwiderte Anastasia achselzuckend. »Aber alle anderen, die ich kenne, fahren Ski.«

Mrs Krupnik, Anastasias Mutter, tupfte sich mit einer Papierserviette den Mund ab. »Mr Fosburgh von gegenüber fährt auch nicht Ski«, erklärte sie.

»Mr Fosburgh sitzt seit 34 Jahren im Rollstuhl«, sagte Anastasia spitz. »Aber alle anderen fahren Ski.«

Anastasias Vater blickte auf. »Neulich las ich einen interessanten Artikel über einen Stamm in der Wüste Kalahari in Afrika. Von Skilaufen war darin nicht die Rede.«

Anastasia bedachte ihre Familienmitglieder mit einem vernichtenden Blick. Das war kein leichtes Unterfangen, denn es bedeutete, dass sie mit einem missbilligenden Ausdruck im Gesicht langsam von

Sam auf ihre Mutter und schließlich auf ihren Vater blicken musste.

»Ich wollte damit sagen«, erklärte sie, nachdem sie abschätzig in die Runde geblickt hatte, »dass es so aussieht, als würde jeder in meiner Klasse zum Skifahren gehen. Nächste Woche, wenn wir Winterferien haben, verschwinden all meine Bekannten von der Bildfläche. Alle gehen zum Skilaufen.«

»Tatsächlich?«, fragte ihr Vater. »Alle? Fahren sie zusammen weg? Dann frage ich mich, warum sie uns nicht auch eingeladen haben!« Er streckte den Arm aus und nahm sich ebenfalls eine weitere Portion Apfelauflauf.

»Nein«, antwortete Anastasia säuerlich. »Natürlich nicht zusammen. Daphne fährt mit ihrer Großmutter. Ihre Großmutter nimmt sie mit nach Österreich. Könnt ihr euch das vorstellen? Daphnes Großmutter auf Skiern? Dabei ist sie schon uralt!«

»Nun ja«, sagte Mrs Krupnik, »aber dafür ist sie steinreich. Wie es scheint, sind steinreiche Leute zu den erstaunlichsten Dingen fähig.«

»Und was ist dann mit Meredith?«, fragte Anastasia bissig. »Merediths Eltern sind nicht reich. Aber sie fahren jeden Winter nach New Hampshire zum Skilaufen. Jeder aus der Familie hat eigene Skier und einen Skianzug. Der von Meredith ist blau.« Anastasia seufzte, als sie an den tollen blauen Skianzug dachte, den Meredith Halberg ihr gezeigt hatte. »An den Ärmeln sind kleine Schneeflocken aufgestickt.«

»Ich könnte dir einen Pulli mit Schneeflocken auf den Ärmeln stricken«, schlug Mrs Krupnik vor. »Du erinnerst dich doch an den Pulli, den ich letzten Winter für Sam gestrickt habe – den mit der Kuh auf der Brust. Übrigens, wo ist dieser Pulli, Sam? Du hast ihn doch nicht etwa verloren, oder?«

Sam schüttelte den Kopf. »Er liegt unter meinem Bett«, beruhigte er seine Mutter.

»Was meinst du, Anastasia? Soll ich dir einen Pullover mit Schneeflocken auf den Ärmeln stricken?«

»Nein«, antwortete Anastasia abwehrend, fügte dann aber noch hinzu: »Trotzdem, lieb von dir.«

Myron Krupnik nahm sich zum dritten Mal vom Nachtisch. »Und was macht Steve Harvey?«, erkundigte er sich.

»Steve fährt mit seinem Vater nach Colorado, weil sein Vater für den NBC über irgendein Weltmeisterschafts-Skirennen berichten muss. Mann, hat der ein Glück! Ich wünschte, du wärst auch Sportreporter, Papa.«

Dr. Krupnik lachte. »Ich glaube, ich bleibe lieber College-Professor und Dichter. Ich kann ja kaum einen Fußball von einem Tennisball unterscheiden. Und selbst wenn ich es wollte, könnte ich nie im Leben Sportreporter werden, weil ich Arthritis im Nacken- und Schulterbereich habe.«

Anastasia starrte ihn herausfordernd an. »Na und? Was macht das schon? Du könntest trotzdem schön gerade dasitzen und in die Kamera blicken. Und man würde dir Puder auf den Kopf stäuben, damit deine kahle Stelle nicht glänzt. Vielleicht bekämst du vom Sender sogar ein Toupet spendiert.«

»Ich kann den Kopf nicht schnell genug drehen. Stell dir vor, ich müsste ein Tennismatch kommentieren.«

Anastasia stellte sich kurz ein Tennismatch vor und sie musste dann zugeben, dass ihr Vater Recht hatte. Wenn man ein Tennismatch verfolgte, musste man den Kopf sehr schnell drehen können. Pech für sie, dass sie einen Vater mit einem steifen Nacken und einem langweiligen Job hatte!

Mrs Krupnik stand auf und begann die Dessertteller einzusammeln. »Bist du fertig, Myron, oder möchtest du auch noch die Schüssel auslecken?«

Dr. Krupnik grinste und kratzte die letzten unsichtbaren Krümel von seinem Teller. Dann reichte er seiner Frau den leeren Teller.

Sam war bereits von seinem Stuhl geklettert und zog sich die Schuhe aus. Nur auf Strümpfen rannte er plötzlich los, nahm Anlauf bis zum Ende des Teppichs und rutschte dann über den Parkettboden bis in den Flur. Anastasia und ihre Eltern hörten nur einen dumpfen Schlag, als Sam an die gegenüberliegende Wand donnerte und dann gegen das kleine Tischchen stolperte, auf dem mehrere Bücher lagen. Die Bücher fielen mit einem lauten Plumps zu Boden. Kurz darauf herrschte eine beängstigende Stille.

Nach einer Weile kam Sam wieder ins Esszimmer getrabt. Er rieb sich seinen schmerzenden Hintern. »Ich bin Ski gelaufen«, erklärte er. »Aber arg lustig fand ich es nicht.«

Als die *Bill-Cosby-Show* zu Ende war, stapfte Anastasia die Treppen zu ihrem Dachzimmer hinauf. Sie fragte sich, ob die Cosby-Familie wohl auch Ski lief, und kam dann zu dem Schluss, dass sie es vermutlich tat.

Wie langweilig, in einer Familie aufzuwachsen, in der man nie etwas richtig Aufregendes unternahm, nicht einmal in den Schulferien. Manchmal gingen die Krupniks zusammen ins New-England-Aquarium. Echt aufregend: massenhaft Pinguine und Wasserschildkröten. Oder ins Museum für Naturwissenschaften. Genauso aufregend: öde Ausstellungsstücke, die die Reibung oder die Schwerkraft demonstrierten, zwei der langweiligsten Sachen auf der ganzen weiten Welt. Ab und zu besuchten sie das Kunstmuseum. Wahnsinnig aufregend: Gemälde und Statuen von nackten Gestalten, deren interessanteste Körperteile sich jedoch schon in nichts aufgelöst hatten oder zumindest stark lädiert waren.

In ihrem Zimmer angekommen tat Anastasia das,

was sie fast jeden Abend als Erstes tat. Sie setzte sich vor den Spiegel und betrachtete sich ausgiebig. Mit einer Hand raffte sie ihre langen Haare zusammen und probierte verschiedene Frisuren aus. Zuerst zwirbelte sie sie zu einem Knoten mitten auf dem Kopf zusammen. Danach strich sie alle Haare auf eine Seite und ließ sie auf der linken Seite herunterhängen. Als Nächstes machte sie einen Mittelscheitel und flocht ihre Haare zu zwei Zöpfen. Nach jeder neuen Frisur seufzte sie zum Steinerweichen, während sie ihr Spiegelbild einer kritischen Musterung unterzog. Schließlich ließ sie ihre dicke, schulterlange Mähne wieder wie üblich einfach herunterhängen.

Sie schob ihre Brille bis tief auf die Nase und schürzte vornehm die Lippen. Doch nach gründlicher Betrachtung kam sie zu dem Schluss, dass sie wie eine Gouvernante aus dem 19. Jahrhundert aussah. Dann schob sie ihre Brille wieder dahin, wo sie hingehörte, und probierte ein breites Lächeln, bei dem all ihre Zähne zur Geltung kamen. Sie drehte den Kopf zur Seite, warf ihn in den Nacken und betrachtete sich aus den Augenwinkeln heraus. Was nun? Sie schob eine Schulter vor, drehte den Hals zur Seite – zum Glück war ihr Hals ganz außerordentlich beweglich! –, saugte die Wangen ein und betrachtete sich erneut. Jammerschade, dass sie so kein Lächeln mehr zustande brachte. Sie drapierte ein paar Haar-

strähnen kunstvoll ins Gesicht und zog den Ausschnitt ihres Sweatshirts so weit hinunter, bis eine
nackte Schulter zu sehen war. Super! In dieser Pose,
ihrer Lieblingspose, blieb sie eine Weile lang sitzen
und bewunderte sich. So gefiel sie sich: leicht hoch-
mütig, zerzaust, unbekümmert und verwegen. Der
Gedanke, verwegen auszusehen, gefiel ihr, obwohl sie
nicht genau wusste, was dieser Ausdruck bedeutete.

Anastasia stand auf und ging hinüber zu ihrem un-
gemachten Bett, auf dem ihre Schulbücher lagen. Sie
blätterte kurz das Geschichtsbuch durch, inspizierte
ihr Hausaufgabenblatt und kam zu dem Schluss, dass
sie für heute genug gearbeitet hatte, obwohl sie nur
zehn der zwölf Fragen beantwortet hatte. Die rest-
lichen beiden konnte sie morgen früh in der großen
Pause noch schnell machen.

Anastasia streckte sich auf ihrem Bett aus und
rutschte ein paar Mal hin und her, bis die Ecke ihres
Notizhefts ihr nicht mehr in den Rücken pikste. Sie
dachte an die Ferienwoche, die vor ihr lag. Eine Woche Erholung von der siebten Klasse! Abgesehen von
dieser furchtbaren Projektarbeit zum Thema »Mein
Berufswunsch«.

Anastasia verzog das Gesicht. Wie konnte man einen Aufsatz über seinen Berufswunsch schreiben,
wenn man noch nicht die geringste Ahnung hatte,
was man später werden wollte? Ganz zu schweigen
davon, dass sie zudem noch eine Person interviewen

sollten, die bereits in dem angestrebten Beruf arbeitete. Meredith hatte vor zu mogeln; sie wollte den Besitzer der Pension interviewen, in dem ihre Familie die Winterferien verbrachte. Und dann würde sie in der Schule behaupten, sie wolle später eine Skipension leiten.

Steve Harvey wollte seinen Vater interviewen, verflixt noch mal. Der hatte es gut!

Daphne hatte ihr Interview schon hinter sich. Sie hatte mit dem Anwalt gesprochen, bei dem ihre Mutter arbeitete, und würde in der Schule behaupten, sie wolle später Anwältin werden. Ein totaler Schwindel, denn jeder wusste, dass Daphne Schauspielerin werden wollte.

Allerdings hatte Anastasia Verständnis für die missliche Lage ihrer Freundin. Daphne hatte nämlich brav an Debra Winger, Demi Moore und Julia Roberts geschrieben und sie um ein Interview gebeten. Als Antwort hatte sie jeweils ein Foto mit Autogramm erhalten, und diese Autogramme waren nicht einmal echt – wenn man den Finger ableckte und mit ihm über die Unterschriften fuhr, ließen sie sich kein bisschen verschmieren.

Im Übrigen war es auch nicht ganz richtig, dass alle aus Anastasias Klasse in den Ferien zum Skilaufen gingen. Daphne fuhr mit ihrer Großmutter nach Österreich, das stimmte. Sie würden morgen von Boston aus abfliegen, weshalb Daphne einen vollen

Schultag verpasste. Merediths Familie fuhr nach New Hampshire, wie alle Jahre. Und Steve Harvey würde am Sonntag mit seinem Vater nach Colorado fahren.

Aber Sonya Isaacson, eine von Anastasias besten Freundinnen, blieb hier. Niemand von den Isaacsons fuhr Ski, vielleicht weil alle ein bisschen mollig waren, überlegte Anastasia. Das machte das Skifahren wohl etwas schwierig.

Anastasia hingegen war kein bisschen mollig. »Ich bin gertenschlank«, überlegte sie, hielt einen Arm hoch und betrachtete ihn prüfend, in der Hoffnung, dass sie ihn grazil und anmutig finden würde. »Von wegen grazil und anmutig«, stellte sie entsetzt fest. »Ich bin *knochig*. Dürr und knochig. Ich bin knochig, dünn und zu groß. Und meine Haare sind schauderhaft. Meine Körperhaltung ist grässlich. Ich bin kurzsichtig. Ich habe eine Windpockennarbe auf der Stirn und ich hasse meine Nase.

Selbst wenn meine Eltern mir einen hellblauen Skianzug kaufen und mit mir nach New Hampshire fahren würden – nein, lieber nach Österreich –, wäre ich doch immer noch ich selbst«, dachte Anastasia missmutig. »Ich wäre immer noch eine große, dürre, knochige, kurzsichtige Tussi mit strähnigen Haaren, hängenden Schultern und einer viel zu großen Nase.«

Sie stellte sich einen fantastisch aussehenden,

braun gebrannten, blonden Skilehrer vor namens – was? Hans. Richtig, er würde Hans heißen. Er würde seine Skibrille nicht auf der Nase, sondern oben in seinen blonden Locken tragen und hätte einen schwarzen Rolli an, beschloss sie. Seine Skihose wäre hauteng, damit man die tollen Muskeln an seinen sehnigen, schlanken Skilehrerbeinen sehen konnte. Seine ebenmäßigen, strahlend weißen Zähne blitzten unter der österreichischen Sonne. Er lächelte sie an – *blitz, blitz, blitz*. Und mit seiner tiefen, männlichen Skilehrerstimme sagte er . . .

Anastasia stöhnte auf. Sie wusste ganz genau, was er sagen würde. Und er würde es mit einem sexy österreichischen Skilehrerakzent sagen, was das Ganze noch schlimmer machte.

Er würde nämlich sagen: »Meine liebe junge Dame, hätten Sie die Freundlichkeit, diesen Berg sofort wieder zu verlassen? Wir dulden keine dürren, knochigen, kurzsichtigen, großnasigen Mädchen auf unseren Abfahrten. Ich schlage vor, Sie gehen wieder nach Boston zurück und versuchen zuerst einmal sich ein einigermaßen passables Aussehen zuzulegen.«

Anastasia richtete sich auf. Das reichte. *Ein* solcher Tagtraum reichte. Er reichte aus, um Anastasia eine Entscheidung treffen zu lassen.

»Danke, Hans«, sagte sie tapfer. »Sie haben mich gezwungen der Realität ins Auge zu blicken.« Sie streckte einen Arm nach der Schublade ihres Nachttischs aus. Auf dem Nachttisch stand das Glas, in dem ihr Goldfisch friedlich seine Runden drehte und sie mit großen Augen anglotzte.

»Nerv mich nicht, Frank«, sagte Anastasia zu ihrem Goldfisch. »Sei so lieb und nerv mich nicht.«

Sie zog die Schublade auf und holte einen Zettel heraus, den sie seit mehreren Monaten hier aufbewahrte, seit dem Tag, an dem sie ihn nach einem Besuch im Kino PARIS, wo sie einen Woody-Allen-Film angeschaut hatten, unter den Scheibenwischer des Autos ihres Vaters geklemmt gefunden hatte.

Den Zettel in der Hand öffnete sie die Tür ihres Zimmers und brüllte die Treppe hinunter: »Mama? Papa?«

Keine Antwort. Ganz unten, im Erdgeschoss, hörte sie den Fernseher laufen. Ihre Eltern sahen *Polizeirevier Hill Street*, ihre Lieblingssendung.

Anastasia ging hinunter in den ersten Stock, schlich auf Zehenspitzen an der Tür vorbei, hinter der ihr Bruder schlief, und dann ein paar Stufen zum Erdgeschoss hinunter. Mitten auf der Treppe setzte sie sich hin drückte ihr Gesicht gegen das Geländer und rief nochmals in Richtung Wohnzimmer: »Mama? Papa?«

Ihre Mutter erschien in der Tür und hob den Kopf. »Was ist?«, fragte sie.

»Mama«, begann Anastasia, »du wolltest doch mit

Papa besprechen, ob ich in den Ferien allein mit dem Bus nach Boston fahren darf. Hast du das schon gemacht? Habt ihr es besprochen?«

Im Fernseher wurde gerade geschossen. Mrs Krupnik stand zwar in der Tür, aber Anastasia war klar, dass sie ihre Frage gar nicht gehört haben konnte. Denn ihre Mutter starrte angestrengt in Richtung Fernseher. Und so was nannte man dann Mutterliebe!

»Mama, ich will doch diesen Kurs machen. Du weißt schon.«

»Katherine!«, rief Dr. Krupnik in diesem Moment aus dem Wohnzimmer. »Sie haben Bobby Hill als Geisel genommen!«

»Na schön, Mama«, sagte Anastasia seufzend. »Geh wieder rein. Wir besprechen es morgen beim Frühstück.«

Während Anastasia langsam wieder in ihr Zimmer im Dachgeschoss zurückmarschierte, überflog sie den Zettel zum x-ten Mal. Sie kannte den Text seit Wochen schon auswendig, aber trotzdem las sie ihn immer und immer wieder durch.

»Frank?«, sagte sie oben angekommen und blickte auf ihren Goldfisch. Frank klappte mehrmals sein Maul auf und zu, in Zeitlupe, wie fast immer. Wenn Frank sprechen könnte, überlegte Anastasia, würde er nichts als »oh, oh, oh« sagen.

»Frank«, teilte sie ihm nun mit, »wenn meine Eltern mir erlauben, nächste Woche allein mit dem Bus nach Boston zu fahren . . .«

Frank schnippte mit seiner fast durchsichtigen Schwanzflosse und schlug einen trägen Purzelbaum.

»Und ich kann nur hoffen, dass sie es mir erlauben, schließlich bin ich schon alt genug – dreizehn ist doch schon ganz schön groß, oder? –, tja, dann werden meine Ferien kein bisschen langweilig. Denn dann werde ich etwas ganz Tolles machen! Etwas von großem pädagogischem Wert, das mich auf meinen späteren Beruf vorbereitet. Na, was sagst du dazu, Frank?«

Doch Frank starrte Anastasia nur an und bewegte wieder die Lippen. »Oh, oh, oh«, sagte er stumm, als wisse er etwas, von dem Anastasia keine Ahnung hatte.

Anastasia seufzte, schlug ein neues Heft auf und nahm ihr Schulprojekt in Angriff.

Anastasia Krupnik

Mein Berufswunsch

Nach gründlichen Überlegungen über meine Zukunft kam ich zu dem Entschluss, einen Beruf zu wählen, der aufregend ist, bei dem ich im Rampenlicht stehe und . . .

Zwei

Mrs Krupnik schüttelte besorgt den Kopf. Sie hatte ihre Haare mit einem gelben Haargummi zusammengebunden und trug ihren bunt karierten Bademantel.

»Ich weiß nicht recht, Anastasia. Papa und ich haben darüber gesprochen, aber wir sind uns nicht ganz einig. Für mich klingt es ziemlich riskant. Sam, hör auf mit deinem Rührei herumzuspielen. Du sollst es aufessen!«

»Ich mache einen Berg«, erklärte Sam. Er lud eine weitere Gabel voll Rührei auf den Haufen, den er bereits auf seinem Teller aufgeschichtet hatte. »Wenn der Berg fertig ist, darf meine Gabel darauf Ski laufen. Und danach esse ich alles auf.«

Mrs Krupnik warf einen Blick auf ihre Armbanduhr. »Sam, in zehn Minuten ist dein Kindergartenbus da. Denk an die tollen Sachen, die ihr im Kindergarten machen werdet. Und iss dein Frühstück auf!«

Doch Sam griff unbeeindruckt zur Zuckerschüssel, nahm einen Löffel Zucker und ließ ihn auf seinen Rühreiberg rieseln. »So viel Schnee«, verkündete er strahlend. »Schnee auf meinem Skiberg.«

Anastasia trug ihren leeren Teller zur Spüle. »Mama«, sagte sie mit Nachdruck, »ich bin schon dreizehn, praktisch erwachsen. Was soll schon riskant daran sein, wenn eine praktisch erwachsene Person am helllichten Tag mit dem Bus nach Boston fährt?«

Mrs Krupnik runzelte die Stirn und nippte an ihrer Kaffeetasse. »Mir geht nicht aus dem Sinn, was dieser Typ am Anfang von *Polizeirevier Hill Street* immer sagt. Nachdem er den anderen ihre Aufgaben zugeteilt hat, blickt er sehr ernst in die Runde und sagt . . .« Sie nahm einen weiteren Schluck Kaffee. »Myron, was sagt er immer, bevor er seine Leute losschickt?«

Dr. Krupnik blickte von seiner Zeitung auf. »Denkt daran, Leute«, sagte er mit todernster Stimme. »Seid sehr, sehr vorsichtig da draußen.«

»Richtig.« Mrs Krupnik nahm eine Scheibe Toast und bestrich sie mit Himbeermarmelade. »In Großstädten sind Verbrechen und Gewalt an der Tagesordnung.« Sie blickte auf Sam. »Sam, hör auf damit!«

Sam ließ Unmengen von Zucker auf seinen Eierberg rieseln. »Ein Schneesturm«, verkündete er mit leuchtenden Augen.

Anastasia versuchte geduldig und vernünftig zu sein, denn sie wusste, dass sie im Falle einer hitzigen Debatte verlieren würde. »Mama«, begann sie von neuem, »und Papa! Ich bin immer sehr, sehr vorsichtig. Und ich war schon tausendmal in Boston – mit euch. Ich kenne mich dort aus. Ich rede grundsätzlich nie mit Fremden. Der Bus fährt direkt zur Ecke Tremont Street und dann muss ich nur zwei Blocks zu Fuß gehen. Es ist mitten am Tag. In den Nachrichten haben sie gesagt, dass der Bürgermeister hart durchgreifen will gegen die Drogenhändler, die . . .«

»Die was?«, rief Mrs Krupnik entsetzt aus.

Hoppla! Es war natürlich ein Fehler gewesen, Drogenhändler zu erwähnen, wie Anastasia sogleich siedend heiß klar wurde. Man darf Eltern nicht die Illusion rauben, dass ihre minderjährigen Kinder noch nie etwas von Drogen gehört haben.

»Ach so«, verbesserte Anastasia sich hastig, »ich rede natürlich von letztem Sommer, als es in Boston ein paar Problemchen gab. Aber inzwischen hat der Bürgermeister für reinen Tisch gesorgt. Und wisst ihr«, fuhr sie fort, wobei sie ihre Taktik leicht abänderte, »ich muss doch dieses wichtige Schulprojekt machen. Und in Boston habe ich die Möglichkeit zu recherchieren.«

»Recherchieren?«, fragte ihr Vater und blickte interessiert von seiner Zeitung auf. »Für die Schule?« Es gab offenbar nichts, was Väter lieber mochten als den Gedanken, dass ihre Kinder etwas für die Schule machten.

Mrs Krupnik blickte wieder auf ihre Uhr. Dann stand sie hastig auf und holte Sams Winterjacke von der Garderobe neben der Küchentür. »Sam«, sagte sie, »du hast noch genau drei Minuten, bis dein Bus vor der Tür steht.«

Sam zielte mit der Gabel auf die Spitze seines Bergs aus Eiern und Zucker, belud sie und steckte sie in den Mund. Angewidert schnitt er eine Grimasse. »Ich mag keine Rühreier«, erklärte er kategorisch.

Mrs Krupnik seufzte. »Hier, Sam«, sagte sie und reichte ihm eine Hälfte ihres Toasts. »Iss das.« Dann half sie Sam in seine Jacke, stülpte eine Wollmütze über seinen Lockenschopf und stopfte seine Fäustlinge in die Taschen. »Auf geht's! Mrs Harrington ist da. Tschüss, bis zum Mittagessen!« Sie schloss die Tür hinter ihrem Sohn. Die ganze Familie blickte Sam nach, bis dieser wohlbehalten in den Kleinbus des Kindergartens geklettert war.

»In zehn Minuten muss ich auch weg«, sagte Anastasia. »Bitte, Mama! Bitte, Paps! Ich möchte es doch so gerne! Und ich muss spätestens heute Nachmittag anrufen.«

»Anastasia, denk doch an das viele Geld«, antwortete ihre Mutter. »Dein Vater und ich hatten gehofft, dass du gelernt hast mit Finanzen umzugehen, nachdem du das Geld von deinem Ferienjob letzten Sommer auf die Bank gebracht hattest.«

Anastasia bemühte sich um Geduld. »Mama, ich habe dir doch schon erklärt, dass es eine Art Vorbereitung auf meinen späteren Beruf ist. Es hat pädagogischen Wert.«

»Na schön«, seufzte Mrs Krupnik. »Myron, was meinst du?«

»Mir gefällt die Sache mit dem Schulprojekt«, sagte Dr. Krupnik. »Ich wünschte, meine Studenten wären auch bereit, in den Ferien Recherchen zu machen. Welche Art von Recherchen schwebt dir vor?«

»Es geht um meinen späteren Beruf«, rief Anastasia ihm in Erinnerung.

Die Miene ihres Vaters hellte sich auf. »Richtig«, sagte er. »Hatte ich vergessen. Du sprachst von Buchhändlerin. Stimmt, das ist eine tolle Idee.«

»Ehrlich gesagt«, sagte Anastasia, »habe ich mich inzwischen anders entschieden. Da ich diesen Kurs besuchen möchte, dachte ich . . .«

Doch ihr Vater griff bereits zum Telefonbuch. »Lass mich kurz die Adresse nachschauen«, sagte er. »Es gibt einen wunderschönen kleinen Buchladen in Beacon Hill und ich lernte die Besitzerin kennen, als ich dort meinen letzten Gedichtband vorstellte. Sie organisierte einen Stehempfang in ihrem Laden und ich gab Autogramme und . . .«

»Papa«, sagte Anastasia. »Ich dachte eher, dass . . .«

»Aber nur drei Leute haben mein Buch dann gekauft«, brummte er. »Siebenundvierzig Leute kamen, schlugen sich den Bauch voll mit Wein und Käse, aber nur drei kauften mein Buch. Trotzdem, die Besitzerin war eine sehr nette Frau.«

»Myron«, sagte Mrs Krupnik, »sie kann doch auch einen Buchhändler hier in der Stadt interviewen. Dafür muss sie nicht extra nach Boston fahren.«

»Hier steht die Adresse«, verkündete Dr. Krupnik und deutete mit dem Zeigefinger auf eine Stelle. »Mount Vernon Street. Eine sichere Gegend, zumindest tagsüber.«

»Myron«, versuchte Mrs Krupnik es erneut. »Sie braucht nur hier bei uns die Straße hinunterzugehen, dort ist eine Filiale der Walden-Buchläden.«

»Mama«, sagte Anastasia mit Nachdruck, »in den Vereinigten Staaten gibt es zirka eine Million Walden-Buchläden. Mr Walden selbst sitzt wahrscheinlich in New York oder sonst wo. Wenn ich aber in meinem Schulprojekt als Berufswunsch Buchhändlerin angebe, muss ich mit einem Buchhändler persönlich reden.«

»Ach so«, sagte Mrs Krupnik, »da hast du natürlich Recht.«

»Und außerdem«, fuhr Anastasia fort, »geht es mir in Boston hauptsächlich um diese andere Sache. Die wäre wirklich sehr persönlichkeitsbildend«, erklärte sie voller Begeisterung. »Ich muss dringend etwas für meine Persönlichkeit tun. Auch wenn ich im Endeffekt Buchhändlerin werden sollte, muss ich an meiner Persönlichkeit arbeiten.«

Dr. Krupnik wählte bereits die Nummer. »Hoffentlich erinnert sie sich noch an mich«, sagte er. »Glaubt ihr, eine Buchhändlerin erinnert sich an einen Autor, von dessen Buch sie nur drei Exemplare verkauft hat?«

Die Buchhändlerin erinnerte sich. Und sie willigte auch sofort ein, Anastasia ein Interview zu geben.

»Gegen Mittag«, flüsterte Anastasia ihrem Vater zu, der noch am Telefon war. »Am besten zwischen zwölf und eins. Du weißt doch, dass ich noch diese andere Sache machen will.«

»Wunderbar«, sagte ihr Vater, nachdem er wieder aufgelegt hatte. Er reichte Anastasia einen kleinen Zettel. »Hier, der Name und die Adresse der Buchhandlung. Sie erwartet dich am Montag um Viertel nach zwölf. Sie sagte, ihr könnt zusammen bei ihr im Geschäft ein Sandwich essen, während sie deine Fragen beantwortet.«

Anastasia betrachtete nachdenklich den Zettel. »Ich will also Buchhändlerin werden«, stellte sie trocken fest.

»Richtig«, antwortete ihr Vater grinsend. »Und du wirst Stehempfänge mit Wein und Käsewürfeln für Dichter ausrichten, die bei dieser Gelegenheit Autogramme geben. Zum Beispiel für deinen alten Vater.«

Anastasia faltete den Zettel zusammen. »Gut, wenn ich es dir verspreche – und dir außerdem verspreche, dass ich mehr als drei Exemplare verkaufen werde –, darf ich dann diese andere Sache machen? Bitte!«

»Nun ja, meinetwegen«, sagte ihr Vater. »Dann bist du in den Ferien wenigstens beschäftigt. Mir kommt es recht harmlos vor. Katherine, was meinst du?«

»Na schön«, sagte Mrs Krupnik skeptisch. »Okay.«

Anastasia sprang auf und fiel ihren Eltern um den Hals. »Vielen Dank!«, rief sie. »Ihr seid die tollsten Eltern der Welt! Wisst ihr, wie Sonyas Eltern reagierten, als sie sie fragte, ob sie es machen darf? Sie fanden, es sei absolut geschmacklos und billig und empörend und teuer und total lächerlich. Aber die haben keine Ahnung!«

»Was? Du darfst wirklich hingehen?« Sonya hielt ihr Ringbuch vor das Gesicht, damit Mr Earnshaw nicht sah, dass sie zusammen flüsterten. Sie saßen im Studiersaal. »Echt wahr?«

Anastasia, die sich ebenfalls hinter einem Heft verschanzt hatte, nickte. »Heute Nachmittag rufe ich dort an.«

»Und wie willst du es bezahlen? Es kostet ein Vermögen!« Sonya schielte nach vorne, wo Mr Earnshaw zum Glück in Korrekturarbeiten vertieft war.

»Ich hole das Geld vom Sparbuch. Ich habe doch das Geld, das ich letzten Sommer verdient habe, weißt du, als ich bei Daphnes Großmutter gearbeitet habe. Und ich habe auch das Geld, das meine Tanten und Onkel mir jedes Jahr zum Geburtstag schicken; meine Eltern haben darauf bestanden, dass ich es immer zur Bank bringe. Ich habe über dreihundert Dollar auf meinem Sparbuch. Und der Kurs kostet nur 119 Dollar. Pssst.« Anastasia zog den Kopf ein und tat so, als würde sie in ihrem Geschichtsbuch lesen. Mr Earnshaw war aufgestanden und hatte begonnen durch die Reihen zu gehen.

Nachdem er an ihrer Bank vorübergegangen war und sich davon überzeugt hatte, dass sie brav über die Schlacht von Bull Run nachlas, faltete Anastasia den Zettel auseinander, den sie von zu Hause mitgebracht hatte, und las ihn zum mindestens tausendsten Mal durch.

SELBSTSICHERES AUFTRETEN, stand in Großbuchstaben am Anfang.

»Junge, Junge«, dachte Anastasia, »das kann ich brauchen. Ich habe null sicheres Auftreten.«

Sie dachte an die vielen Male zurück, bei denen sie ein selbstsicheres Auftreten gebraucht hätte, es sich aber nie eingestellt hatte. Erst neulich, zum Beispiel, beim Berufsorientierungstag der Junior High School, war sie damit betraut worden, eine Architektin von Klasse zu Klasse zu begleiten. Am Vorabend hatte Anastasia lange überlegt, was man zu einer Architektin sagen konnte – lauter selbstsichere Sätze –, doch dann, am nächsten Morgen, stammelte sie nur Sachen wie: »Architektur interessiert mich sehr. Meine Familie wohnt in einem Haus im viktorianischen Stil, das neunzehnhundert . . .« Und prompt war sie dann gegen eine Glastür gerannt und hatte sich fast das Nasenbein gebrochen.

Schon die Erinnerung daran war Anastasia peinlich, obwohl die Architektin unheimlich lieb und nett gewesen war und ihr ein Papiertaschentuch gereicht hatte, damit sie sich ihre geschwollene und leicht blutende Lippe abtupfen konnte.

MEHR SELBSTVERTRAUEN, stand als nächster Punkt auf dem Blatt.

Wenn jemand auf der Welt mehr Selbstvertrauen brauchen konnte, dann sie! Wenn Anastasia mehr Selbstvertrauen gehabt hätte, hätte sie sich als Klassensprecherin aufstellen lassen. Sie wäre wirklich gern Klassensprecherin geworden. Sie hätte gern Klassenprotokolle geschrieben. Sie liebte das Wort Protokoll. Sie hätte bei jeder Klassenbesprechung das Wort Protokoll auf ein Blatt geschrieben und sich dann Notizen gemacht. Sie wäre die ideale Klassensprecherin gewesen – mit Sicherheit besser geeignet als die doofe Emily Ewing, die nicht nur genügend Selbstvertrauen hatte, um sich für das Amt der Klassensprecherin zu bewerben, sondern zudem noch ein Plakat geschrieben hatte, auf dem ENTSCHEIDET EUCH FÜR DIE EXZELLENTE EMILY EWING gestanden hatte. Alle hatten sie gewählt. Dabei vergaß Emily Ewing ständig, Besprechungen einzuberufen. Sie wollte garantiert nur deshalb Klassensprecherin werden, damit ihr Foto ins Jahrbuch der Schule kam. Anastasia wäre eine viel bessere Klassensprecherin geworden, nur leider hatte ihr das nötige Selbstvertrauen gefehlt.

»Aber bald werde ich es haben«, dachte Anastasia zufrieden.

Sie las den letzten Punkt der Überschrift durch: MEHR REIFE.

Reife kam ihr nicht so wichtig vor wie Selbstsicherheit und Selbstvertrauen. Anastasias Eltern versicherten ihr oft, dass sie für ihre dreizehn Jahre sehr reif sei. Sie las schon Bücher für Erwachsene, schaute Fernsehsendungen an, die für Erwachsene bestimmt waren, und benahm sich überhaupt schon sehr erwachsen – zumindest nicht so kindisch und albern wie ihr Bruder. Okay, manchmal schmollte sie, aber das taten auch Erwachsene hin und wieder. Ihre Mutter war zum Beispiel neulich einen ganzen Abend lang eingeschnappt gewesen, weil sie Stunden damit zugebracht hatte, einen Schmorbraten mit den merkwürdigsten Zutaten zuzubereiten, den dann praktisch niemand von der Familie gegessen hatte. Anastasia hatte ihn tapfer in Angriff genommen, doch als sie mitbekam, dass er auch Leber enthielt, hatte sie den Teller angewidert beiseite geschoben. Wenn sie irgendetwas auf der Welt hasste, dann Leber. Ihr Vater hatte auch bereits die Gabel gezückt gehabt, doch dann entdeckte er ein Artischockenherz. Er hasste Artischocken. Sam hingegen hatte den Schmorbraten aufgegessen, aber das besagte nicht viel, denn Sam aß so gut wie alles. Jedenfalls war Mrs Krupnik eingeschnappt gewesen. Anastasia fand, dass sie selbst sich damals sehr reif verhalten hatte. Sie war in die Küche gegangen und hatte für sich und ihren Vater je ein Sandwich mit Erdnussbutter gemacht.

Es waren die klein gedruckten Punkte weiter unten auf dem Blatt, die Anastasia am meisten gefielen, und sie las sie auch jetzt immer und immer wieder durch:

Videoaufnahmen
Haarstyling
Make-up-Vorschläge
Haltungstraining
Stimmmodulation
Ernährungsmodifikation
Modeberatung

Sie war sich nicht ganz sicher, was »Modulation« oder »Modifikation« bedeutete. Aber da der 119 Dollar teure, einwöchige Kurs »Model-Workshop für Teenager« hieß, konnte sie sich nur vorstellen, dass »Modulation« etwas mit »Model« zu tun hatte. Merkwürdig. Aber als Model musste man vielleicht Haltung annehmen, die Ernährung modifizieren und die Stimme modulieren. Sicherlich würde sie darüber nächste Woche mehr erfahren, wenn sie den Kurs besuchte.

Als Model kämen natürlich auch ein paar Probleme auf sie zu, wie Anastasia mit einem Mal klar wurde. Sie stellte ihr Notizbuch wieder hochkant, zog den Kopf ein und flüsterte: »Sonya?«

Sonya stellte ihr Ringbuch wieder auf und schielte herüber. »Was ist?«

»Würdest du Nacktbilder von dir machen lassen, wenn man es von dir verlangt?«, flüsterte Anastasia.

»Acht Bilder? Klar, das ist doch kein Problem«, flüsterte Sonya verwundert zurück.

»Nicht acht, sondern nackt«, zischte Anastasia.

Sonya runzelte die Stirn. »Nacht?«, fragte sie zurück.

»Nacktbilder«, erklärte Anastasia lauter als beabsichtigt.

Die umsitzenden Schüler begannen zu kichern. Mr Earnshaw schaute herüber, rückte seine Brille zurecht und nahm Anastasia ins Visier.

»Anastasia Krupnik«, sagte er in strengem Ton, »komm nach der Stunde doch einmal zu mir!« Er lächelte säuerlich. »Voll bekleidet, wenn ich bitten darf!«, konnte er sich nicht verkneifen hinzuzufügen.

Anastasia errötete und schob nervös ihre Schulbücher hin und her. Selbstvertrauen und selbstsicheres Auftreten: Sie konzentrierte sich angestrengt darauf, diese beiden Eigenschaften in sich zu wecken, während sie sich gleichzeitig überlegte, was sie Mr Earnshaw erklären sollte. Selbstvertrauen und selbstsicheres Auftreten.

»Ich muss zugeben, dass mich dieser Modelkurs ein bisschen nervös macht«, gestand Anastasia an diesem Abend ihren Eltern. Sie saß mit ihren Eltern im Wohnzimmer vor dem Kamin. Sam spielte auf dem Boden mit seinen Autos. Ihr Vater hatte eine seiner Lieblingsschallplatten aufgelegt. Seine Augen waren geschlossen, während er mit beiden Händen ein unsichtbares Orchester dirigierte.

»Ta-da-dam, ta-da-dam«, summte er leise vor sich hin. »Hört ihr diesen Ausdruck, diese Tiefe? Mozart war einfach ein Genie.«

Anastasia nickte höflich, obwohl ihr Vater es mit geschlossenen Augen nicht sehen konnte. Er wurde immer so komisch, wenn es um Mozart ging. Ihre Mutter strickte lächelnd weiter.

Anastasia kannte kein einziges Kind, das strickte oder klassische Musik hörte. Sie fragte sich, wie man zu einem solchen Hobby kam. Wachte man eines Morgens auf, zum Beispiel mit siebzehn oder so, und verspürte mit einem Mal das dringende Bedürfnis, Fausthandschuhe zu stricken? Und wann und wie packte einen das Mozart-Fieber? Ihr Vater hatte ihr einmal erzählt, dass er als junger Mann für die Beatles geschwärmt hatte. Was war dann schief gelaufen? Hatte er vor Jahren, vielleicht auf dem College, den überwältigenden Wunsch verspürt, *Sergeant Pepper* vom Plattenteller zu nehmen und durch eine Symphonie zu ersetzen? Sie würde ihn danach fragen müssen. Aber natürlich nicht in diesem Moment, wo er so hingebungsvoll den Klängen seiner alten Schallplatte lauschte.

»Verständlich, dass du etwas nervös bist«, versicherte ihr ihre Mutter. »Du warst nervös, als du letzten Sommer deinen Ferienjob angetreten hast. Du warst an deinem ersten Schultag nervös. Jeder ist nervös, wenn er vor einer neuen Erfahrung steht.«

»Aber ich stehe vor zwei neuen Erfahrungen gleichzeitig«, gab Anastasia zu bedenken. »In Boston besuche ich ja nicht nur den Modelkurs. Ich werde auch die Buchhändlerin interviewen . . .«

Ihre Mutter blickte besorgt auf. »Anastasia, versprich uns, dass du auf dem kürzesten Weg zu dieser Buchhandlung gehen wirst. Und auch zu diesem Institut. Und danach direkt zum Bus. Kein Herumstreifen in der Stadt.«

»Herumstreifen? *Ich?*«

Die Musik war zu Ende und Dr. Krupnik erhob sich, um die Platte umzudrehen. »Ihr müsst euch den dritten Satz unbedingt genau anhören«, sagte er.

»Myron«, sagte Anastasias Mutter, »kannst du Anastasia nicht ein paar Ratschläge für das Interview geben?«

»Frag die Besitzerin, warum sie von meinem Buch nur drei Exemplare verkauft hat«, schlug er vor.

»Ha, ha«, sagte Anastasia sarkastisch. »So etwas würde ich nie fragen. Bei einem Interview muss man superhöflich sein. Wir haben ein Blatt mit Hinweisen bekommen. Darauf steht unter anderem, dass wir offene Fragen stellen sollen.«

»Warum ist eine Frage offen?«, krähte Sam.

Anastasia versuchte sich ins Gedächtnis zu rufen, was im Unterricht gesagt worden war. »Nun«, erklärte sie, »wenn man einfach fragt: ›Macht Ihnen Ihr Beruf Spaß?‹, könnte der Betreffende mit Ja oder Nein antworten. Das wäre langweilig. Deshalb fragt man: ›Was genau macht Ihnen an Ihrem Beruf Spaß?‹ Auf diese Frage muss man eine längere Antwort geben. Deshalb nennt man es eine offene Frage.«

Ihr Vater runzelte die Stirn. Er hielt den Arm des Plattenspielers in der Hand. »Also, aufgepasst, Leute. Der dritte Satz ist unglaublich!«, sagte er.

»Papa«, fragte Anastasia, »was genau gefällt dir eigentlich an Mozart? Das ist eine offene Frage.«

»Pssst«, sagte ihr Vater.

Anastasia Krupnik

Mein Berufswunsch

Nach längerer Überlegung kam ich zu dem Schluss, dass ich später eventuell Buchhändlerin werden möchte. Als Buchhändlerin braucht man ein selbstsicheres Auftreten und viel Selbstvertrauen. Deshalb ist es wahrscheinlich keine schlechte Idee, als Vorbereitung für diesen Beruf einen Modelkurs zu besuchen.

Drei

Der Bus hat Verspätung«, dachte Anastasia und stampfte mit beiden Füßen in den Schnee. »Ich könnte wetten, dass der Bus Verspätung hat. Und wenn der Bus Verspätung hat, komme ich zu spät. Ich werde bestimmt als Einzige des Kurses zu spät kommen. Wie peinlich! Und dann schmeißen sie mich wieder hinaus, noch ehe der Kurs angefangen hat. Aber bezahlen muss ich trotzdem. Bestimmt muss ich die vollen 119 Dollar bezahlen und dann darf ich nicht einmal teilnehmen, weil ich ausgerechnet am ersten Tag zu spät komme.«

Doch da hörte sie das Quietschen von Bremsen, und als sie aufschaute, kam der Bus gerade vor ihr zum Stehen.

Während Anastasia in der Schlange hinter einer Mutter stand, die verzweifelt versuchte ihre lieben Kleinen die rutschigen Stufen hinaufzubugsieren, warf sie einen Blick auf ihre Uhr.

»Ich werde pünktlich sein«, dachte sie. »Gott sei Dank. Ich werde sogar zu früh dort ankommen. Ich werde die Erste sein und alle werden mich auslachen. Wie peinlich! Als Allererste einzutreffen! Konntest es wieder einmal nicht erwarten, Krupnik, hm?«

Der Bus machte beim Anfahren einen Satz und Anastasia, die ihr Ticket noch in der Hand hielt, stolperte auf einen leeren Sitz zu. »Hoffentlich ist es der richtige Bus«, dachte sie nervös. »Was, wenn ich in den falschen Bus gestiegen bin? Was, wenn dieser Bus nach New York fährt oder so? Verflixt. Ich hätte den Busfahrer fragen sollen, ob es der richtige Bus ist.«

Sie blickte nach vorne und studierte den Hinterkopf des Busfahrers. Er war ein Mann mittleren Alters mit einem Schnauzbart. Er blickte stur geradeaus und kniff die Augen zusammen, weil die vom Schnee reflektierten Sonnenstrahlen ihn blendeten.

Anastasia kam zu dem Schluss, dass er eher wie ein New Yorker Busfahrer aussah. »Ich bin im falschen Bus. Himmel, ich lande bestimmt in New York.« Klar, sie hatte sich schon immer gewünscht eines Tages nach New York zu fahren, aber ganz bestimmt nicht mutterseelenallein und noch weniger in ihrer alten Jeans. Und wie kam sie wieder nach Hause?

»Auch auf Einkaufstour?«

Anastasia zuckte leicht zusammen, als jemand sie ansprach. Sie wandte den Kopf und erblickte eine ältere Frau in einem Tweedmantel, die ihre dicke grüne Handtasche umklammerte.

»Wie bitte?«

»Ich habe gefragt, ob du auch auf Einkaufstour gehst. Ich gehe zu Filenes Schnäppchenmarkt. Ich gehe jeden Tag dorthin. Man kann nur Schnäppchen machen, wenn man jeden Tag hingeht. Gehst du auch zu Filenes Schnäppchenmarkt?«

Was für ein Glück! Sie meinte bestimmt Filenes Schnäppchenmarkt im Zentrum von Boston und folglich war Anastasia im richtigen Bus. Sie schüttelte den Kopf und lächelte höflich. Sie hatte ihren Eltern zwar versprochen, nicht mit Fremden zu sprechen, aber ein Kopfschütteln und ein höfliches Lächeln waren doch bestimmt erlaubt.

Die Frau redete unbeirrt weiter. »Die Hälfte der Leute in diesem Bus geht garantiert zu Filenes Schnäppchenmarkt. Im Moment siehst du sie alle komplett angezogen, mit Mantel und Hut, stimmt's? Aber in einer guten halben Stunde stehen sie in ihrer Unterwäsche bei Filenes Schnäppchenmarkt, wetten?«

Anastasia riss die Augen auf. »Wie bitte?«, fragte sie.

»Keine Umkleidekabinen«, erklärte die Frau. »Folglich muss man mitten im Laden anprobieren. Die Frau dort drüben – du siehst sie doch? Die mit dem blauen Hut? Sie trägt immer zwei Schlüpfer übereinander.«

Anastasia blinzelte und bemühte sich, stur geradeaus zu schauen. »Es ist noch keine zehn Minuten her, dass ich meinen Eltern zum letzten Mal versichert habe, nicht mit fremden Leuten zu sprechen«, dachte sie, »und schon stecke ich mitten in einem Gespräch über Unterwäsche.«

»Also«, plauderte die fremde Frau unbekümmert weiter, während sie einen Taschenspiegel aus ihrem Handtäschchen kramte und ihre geschminkten Lippen kontrollierte, »gehst du nun auch zum Einkaufen oder was?«

»Nein«, antwortete Anastasia verlegen. »Ich fahre zu einem Modelkurs.«

Die Frau ließ den Taschenspiegel zuschnappen. »Klar«, sagte sie. »Natürlich. Hätte ich mir denken können.«

»Denken? Warum?«

»Na, weil du so groß bist«, antwortete die Frau. »Und so dünn.«

Anastasia verzog den Mund und hätte sich am liebsten ganz in ihren Sitz verkrochen. »Na super«, dachte sie. »Vielen Dank. Sie hätte ruhig sagen können, weil ich so tolle Wangenknochen habe.«

Die Frau quasselte weiter und weiter von den tollen Sonderangeboten in Filenes Schnäppchenmarkt, aber Anastasia hörte nicht mehr zu. Sie stellte sich lieber vor, wie sie am Ende dieser Woche am Freitagabend in denselben Bus steigen und womöglich neben derselben Frau sitzen würde. Ha! Die Frau würde noch genau gleich aussehen – grüne Handtasche, ungepflegte graue Haare –, aber sie, Anastasia, würde völlig anders aussehen. Noch immer groß, okay.

Noch immer dünn, okay. Aber selbstsicher, selbstbewusst und – sie dachte an das Kleingedruckte auf dem Blatt – mit einer neuen Frisur, modifizierten Ernährungsgewohnheiten, einer besseren Haltung, einer modulierten Stimme und einem ganz neuen Verständnis für Mode.

Anastasia fiel ein, dass auch von Make-up die Rede gewesen war. Sie hatte sich noch nie geschminkt. Na ja, zumindest nicht richtig. Ein paar Mal hatte sie versucht sich zu schminken, aber es hatte irgendwie nie geklappt. Sie schien kein Talent dafür zu haben. Aber das würde sie in diesem Kurs garantiert entwickeln.

Der Bus fuhr inzwischen durch einen Vorort von Boston. Anastasia schaute durch das schmutzige Fenster auf die vorbeihuschenden hohen Gebäude. Sie betrachtete die vielen selbstsicheren, selbstbewussten Menschen, die hektisch über die Gehsteige eilten. Bald würde sie auch so sein wie sie – na ja, nicht wie die dort, dachte sie, als sie eine dicke Frau entlangwatscheln sah, die ein kleines Kind ausschimpfte, das auf seinen kurzen Beinchen vergeblich versuchte mit ihr Schritt zu halten.

Anastasia griff in ihre Tasche und zog den gelben Zettel heraus, auf den ihr Vater ihr die Adresse der Buchhandlung geschrieben hatte und den Namen: PAGES.

Was für ein passender Name für eine Buchhandlung, fand Anastasia: PAGES. »Pages« bedeutete »Seiten«. Die Besitzerin hatte sich bestimmt tagelang den Kopf zerbrochen, bevor ihr der passende Name eingefallen war.

Anastasia überlegte, welche Fragen sie der Buchhändlerin stellen sollte.

»Mussten Sie lange nachdenken, bis Ihnen ein passender Name für Ihr Geschäft einfiel?«

Nein, das war keine offene Frage. Die Besitzerin könnte einfach mit Ja antworten.

Anastasia versuchte die Frage umzuformulieren. »Welche Denkprozesse haben Sie durchlaufen, ehe Ihnen der passende Name für Ihr Geschäft einfiel?« Gut, so klang es schon viel besser.

Doch wenn sie wirklich höflich sein wollte, müsste sie die Frau vielleicht besser mit dem Namen anreden. »Welche Denkprozesse haben Sie durchlaufen, ehe Ihnen der passende Name für Ihr Geschäft einfiel, Mrs . . .« Sie blickte auf ihren gelben Zettel.

Barbara Page.

Oh. Hm, anscheinend hatte sie doch nicht tagelang nach einem geeigneten Namen für ihre Buchhandlung suchen müssen.

Anastasia wurde abrupt aus ihren Gedanken gerissen, als der Bus anhielt. Sie waren im Zentrum von Boston angekommen. Auf der einen Seite sah Anastasia den großen Stadtpark und dahinter das Rathaus mit seiner goldenen Kuppel.

Sie wartete, bis alle anderen Passagiere in ihrer Nähe aufgestanden und zur Tür marschiert waren: meist Frauen mit Einkaufstaschen, Schirmen und kleinen Handtäschchen. Sie sahen aus wie Hausfrauen, Großmütter oder Lehrerinnen. Anastasia konnte sich nur schwer vorstellen, dass sie demnächst alle in ihrer Unterwäsche in Filenes Schnäppchenmarkt stehen würden.

»Entschuldige, Herzchen.« Die Frau, die neben ihr gesessen hatte, schob sich an Anastasia vorbei und eilte von dannen. Anastasia folgte ihr langsam.

Bis zum Model-Institut musste sie nur zwei Häuserblocks gehen. Anastasia zog an ihrer Jeans, strich ihre Steppjacke glatt und bemühte sich um eine gute Körperhaltung – seit Freitag dachte sie fast ununterbrochen an eine gute Körperhaltung. Gestern Abend hatte sie mit ihren Eltern zusammen den Stadtplan von Boston studiert. Mit ihrem Finger war sie die Straße entlanggefahren, die sie nun gehen musste. Sie las die Straßenschilder, orientierte sich und marschierte los.

Sie überlegte, wie das Institut wohl aussehen würde. Aus Fernsehfilmen hatte sie natürlich genaue Vorstellungen. Neben einem pompösen Eingangsportal würde ein elegantes Bronzeschild mit dem Namen des Instituts hängen. Im Inneren würde sie über einen dicken, weichen Teppichboden schreiten – grau, überlegte sie, oder beige – und auf der breiten Couch in der Empfangshalle würden bunte Kissen liegen – vermutlich rot oder gelb. Die Empfangshalle war hell beleuchtet und eine fantastisch aussehende junge Frau in Designerkleidung saß hinter einer großen, geschwungenen Empfangstheke. Ununterbrochen läuteten Telefone. Im Hintergrund spielte eine sanfte Musik.

Anastasia bog um eine Ecke und kam an einem chinesischen Schnellimbiss und einem Computergeschäft vorbei. Neben dem Eingang zum Computergeschäft stand eine verfroren aussehende junge Frau, die mit den Füßen stapfte, um sie zu erwärmen. Sie sagte etwas zu den Vorübergehenden.

»Ham Se mal 'ne Münze für mich übrig? Nur 'ne Münze?«, sagte sie nun auch zu Anastasia.

Anastasia schüttelte den Kopf, wie es auch die Passanten vor ihr schon gemacht hatten. Gleich darauf bekam sie ein schlechtes Gewissen, denn eigentlich hatte sie Kleingeld bei sich. Aber sie hatte bemerkt, dass die junge Frau eine Marco-Polo-Jacke trug. Anastasia wusste, was solch eine Jacke kostete, und sie war sich ziemlich sicher, dass jemand, der sich Marco-Polo-Klamotten leisten konnte, bestimmt nicht betteln gehen musste.

Aber vielleicht hatte sie die Jacke ja irgendwo gefunden. Vielleicht war sie wirklich hungrig. Vielleicht warteten zu Hause viele hungrige kleine Kinder auf sie . . .

Anastasia zögerte. Sie blieb stehen und drehte den Kopf. Ein Mann war bei der jungen Frau stehen geblieben und drückte ihr etwas Kleingeld in die ausgestreckte Hand. Dann ging er weiter. Die Frau steckte das Geld ein, erblickte Anastasia und zwinkerte ihr grinsend zu.

Anastasia starrte sie verblüfft an. Doch dann fasste sie sich wieder, drückte die Schultern zurück und ging entschlossen weiter, wobei sie auf die Hausnummern an den Gebäuden achtete.

365. 367. 369. Das war es: Die Hausnummer 369. Doch das Gebäude sah nicht nach einem exklusiven Institut aus. Rasch zog Anastasia ihren Zettel aus der Tasche und schaute nach: Nummer 369. Es war das richtige Haus. Doch sie sah kein elegantes, bronzefarbenes Eingangsschild. Im Erdgeschoss befand sich ein Schmuckgeschäft, in dessen Schaufenster zahlreiche Goldketten lagen. Das Schaufenster war mit einer Menge handgeschriebener Zettel beklebt: SCHLUSSVERKAUF WEGEN GESCHÄFTS-AUFGABE. ALLES MUSS RAUS. FÜNFZIG PROZENT NACHLASS AUF SÄMTLICHE ARTIKEL. Links neben dem Schmuckgeschäft befand sich eine weitere Tür, eine Tür mit einem Fensterchen und abblätternden Goldbuchstaben. TUDI HARM NTE, stand da geschrieben. Anastasia rieb ihre feuchten Brillengläser

trocken und schaute nochmals hin. Jetzt konnte sie auch die abgeblätterten Buchstaben erkennen und entziffern, wie die Aufschrift ursprünglich gelautet hatte: STUDIO CHARMANTE.

Das war es! »Studio Charmante« hatte es in dem Prospekt geheißen. Anastasia schluckte und öffnete die Tür.

Im Inneren erwartete sie ein düsteres Treppenhaus. Neben der Treppe hing ein von Hand geschriebener und mit Tesafilm befestigter Zettel. »STUDIO CHAR-MANTE, 1. Stock«, stand darauf und ein Pfeil zeigte nach oben.

Anastasia zögerte. Das Treppenhaus war sehr düster und die hellgrün gestrichenen Wände wirkten schmutzig und fleckig. Anastasia musste die Augen zusammenkneifen, um auf dem Zifferblatt ihrer Uhr erkennen zu können, wie spät es war. Es war Viertel nach neun und der Modelkurs sollte um halb zehn beginnen. Sie hatte noch genau fünfzehn Minuten Zeit, um eine Entscheidung zu treffen.

Sie könnte wieder nach Hause gehen, überlegte sie. Doch dann würde sie das Mittagessen mit der Buchhändlerin verpassen und somit auch das Interview und dann wäre ihr Schulprojekt im Eimer. Außerdem müsste sie ihren Eltern alles erklären und natürlich auch Sonya, und das wäre wirklich mehr als peinlich.

Sie könnte auch . . . Abrupt wurde Anastasia aus ihren Gedanken gerissen, weil die Tür hinter ihr geöffnet wurde. Anastasia zuckte zusammen und wandte ängstlich den Kopf, weil sie halb damit rechnete, einen Straßenräuber, Mörder oder Bettler vor sich zu sehen.

Doch es war nur ein Mädchen in ihrem Alter: ein hübsches dunkelhäutiges Mädchen in Jeans, Turnschuhen, einer hellroten Jacke und mit einem überheblichen Gesichtsausdruck. Sie hielt einen Zettel in der Hand, denselben Zettel wie Anastasia.

»Sieht mir nicht nach einem seriösen Institut aus«, sagte das Mädchen kopfschüttelnd. »Eher wie ein Nest von Küchenschaben.«

»Finde ich auch«, sagte Anastasia. »Ich traue mich gar nicht hoch.«

»Na ja, noch stehen uns alle Möglichkeiten offen«, antwortete das Mädchen. »Ich habe zwei: Entweder ich gehe hoch und mache das Drama hier eine Woche lang mit, oder aber ich gehe wieder heim, hüte die Kids meiner Schwester, und alle lachen mich aus, weil ich so ein Schwachkopf bin.«

Anastasia nickte. »Mir geht es ähnlich«, sagte sie. »Ich habe keine große Schwester und kann deshalb auch nicht auf ihre Babys aufpassen. Aber mich würden auch alle auslachen, wenn ich wieder heimgehe.«

»Hast du deine 119 Dollar mit?«, fragte das Mädchen.

»Klar.« Anastasia zeigte auf ihre Hosentasche, in der ihr Geldbeutel steckte, in dessen Reißverschlussfach die Geldscheine für den Kurs sicher aufbewahrt waren. »Fast meine ganzen Ersparnisse«, sagte sie.

»Geht mir ähnlich. Ich hab's mir letzten Sommer mit Babysitten verdient.« Das Mädchen starrte das düstere Treppenhaus hinauf. »Wie weit wir mit so viel Geld wohl mit dem Bus kämen? Sollen wir zum Busbahnhof rüber und uns erkundigen? Vielleicht könnten wir ein Wochenende in Atlantic City verbringen oder so.«

»Ich nicht«, sagte Anastasia hastig. »Meine Eltern erwarten mich zum Abendessen.«

»Meine auch. War nur ein Witz. Wie heißt du?«

»Anastasia. Und du?«

»Ich habe einen coolen Namen. Henry.«

»*Henry?*«

»Kurzform für Henrietta. Aber wenn du mich so nennst, bringe ich dich um.«

»Oh, ist schon okay.« Anastasia lachte nervös auf.

»Hey, war ein Witz«, erklärte Henry. »Also, ich gehe rauf. Kommst du mit?«

»Klar«, sagte Anastasia entschlossen. »Wenn du gehst, gehe ich auch.«

Gemeinsam gingen die beiden Mädchen die Stufen zum *Studio Charmante* hinauf. Anastasia begann im Geiste die Einleitung ihres Schulprojekts abzuändern.

Anastasia Krupnik

Mein Berufswunsch

Wenn man sich auf seinen späteren Beruf
vorbereitet, muss man manchmal recht schau-
rige Sachen machen. Wer zum Beispiel Arzt
werden will, muss Leichen anschauen oder so.
Und wenn man Anwalt werden will, muss man
in ein Gefängnis gehen und mit gemeingefähr-
lichen Mördern reden.
Um Buchhändlerin zu werden und ein selbstsicheres Auftreten und Selbstvertrauen zu
entwickeln, muss man vielleicht ein düsteres
Treppenhaus hinaufgehen. Und wenn auf der
dritten Stufe eine Zigarrenkippe liegt, kann
man nicht ausschließen, dass diese möglicherweise von einem Verbrecher stammt.
Man muss schon einigen Mut aufbringen,
wenn man die ersten Schritte auf dem Weg zu
seinem späteren Beruf macht.

Vier

Gedämpfte Beleuchtung? Falsch! Nackte Glüh-
birnen baumelten an der Decke.

Ein weicher, beigefarbener Teppich? Von wegen!
Es war ein schmutziger Linoleumboden aus grün-
weißen Karos und in einer Ecke lag eine ausgetretene
Zigarettenkippe.

Eine breite Couch mit bunten Kissen? Falsch! Drei
Plastikstühle.

Eine fantastisch aussehende Empfangsdame an einem elegant geschwungenen Schreibtisch mit vielen
Telefonen? Komplett daneben! Es gab nur einen
Schreibtisch aus Metall mit einer alten Schreibmaschine und eine ältere Frau, die in voller Lautstärke
in das einzige schwarze Telefon redete.

»Da hab ich ihr den Witz erzählt«, sagte sie gerade.
»Ich fragte sie, ob sie wisse, was Männer und Wolken
gemeinsam haben. Antwort: Wenn sie sich verzie-
hen, kann es vielleicht doch noch ein schöner Tag
werden . . . Aber das fand sie gar nicht witzig. Deshalb kam ich wieder auf den Scheck zu sprechen und
sagte zu ihr: Der Scheck muss in der Post gewesen
sein. Ich habe ihn selbst vor zwei Tagen abgeschickt,
aber sie . . . hör mal, Selma, ich muss aufhören. Ich

hab hier Kundschaft. Ich ruf dich später wieder an, okay?«

Die Frau legte den Hörer auf und wandte sich lächelnd an die beiden Mädchen. Sie hatte Lippenstiftspuren an den Zähnen.

»Krupnik und Peabody, richtig?«, fragte sie nach einem Blick auf ihre Liste.

Anastasia nickte. Henry auch. Die Frau machte ein Häkchen neben die entsprechenden Namen.

»Und wer ist wer?«, fragte sie und blickte auf.

»Ich bin Anastasia Krupnik«, sagte Anastasia.

»Dann musst du Henrietta Peab. . .«

»Wenn mich jemand so nennt, schlage ich um mich. Ich heiße Henry Peabody.«

Anastasia wand sich innerlich. Sie konnte sich nicht vorstellen so etwas zu jemandem zu sagen, selbst wenn dieser Jemand Lippenstiftspuren an den Zähnen hatte. Doch die Frau lachte nur. »Okay«, sagte sie. »Herzlich willkommen, ihr zwei. Ich bin Tante Vera. Aber wickeln wir zuerst den finanziellen Teil ab.«

Aber so rasch ließ Henry sich nicht vom Thema abbringen. »Moment mal«, sagte sie. »Was soll dieses ›Tante Vera‹? Verwandte habe ich schon mehr als genug. Auch Tanten in Hülle und Fülle.«

Die Frau schmunzelte. »Du scheinst nicht auf den Mund gefallen zu sein, Peabody«, sagte sie. »Das gefällt mir. Weißt du was? Meinetwegen kannst du mich mit meinem vollen Namen anreden, wenn du es über die Zunge bringst. Ich bin Mrs Szcempelowski.«

Henry verzog das Gesicht.

»Alle nennen mich Tante Vera. Das ist leichter. Und es bedeutet noch lange nicht, dass du mir Blumen zum Geburtstag schicken musst oder so.«

»Na schön«, sagte Henry kleinlaut. »Man wird ja wohl noch nachfragen dürfen.«

»Die anderen sind schon drin bei Onkel Charley oder Mr Szcempelowski, wenn es dir lieber ist, Henry. Einer fehlt noch. Also, regeln wir die Finanzen, dann könnt ihr reingehen. Ich kriege 119 Dollar pro Nase.«

Henry und Anastasia blickten einander an. Anastasia dachte an die Alternativen. Es schien nicht viele zu geben. Ihr blieb nur die Möglichkeit, nach Hause zu gehen und sich eine Woche lang in Selbstmitleid zu suhlen. Henry, das wusste sie, konnte nur die Kinder ihrer Schwester hüten.

Schließlich händigten beide Mädchen Tante Vera die Kursgebühr aus. Diese zählte das Geld sorgfältig nach und stellte zwei Quittungen aus.

»Okay«, sagte sie dann, »geht durch die Tür dort. Ich warte, bis alle da sind, dann komme ich nach. Hey«, fügte sie nach einem Blick auf die finsteren Mienen der beiden Mädchen hinzu, »macht kein Gesicht wie drei Tage Regenwetter. Ihr werdet eine Menge Spaß haben!«

Als Anastasia Henry durch die besagte Tür folgte, hörte sie, wie Tante Vera wieder zum Telefon griff. »Selma?«, sagte sie, nachdem sie gewählt hatte. »Was ich dir noch erzählen wollte, ich sagte ihr also, dass ich die Post kontrolliert hätte, und sie meinte . . .«

Der Raum war hell erleuchtet, doch Anastasia sah auf den ersten Blick, dass es Neonröhren waren. Sie hasste Neonlicht. Darin sah man immer so hässlich aus. Selbst wenn man ein makelloses Gesicht hatte, sah man bei Neonlicht plötzlich scheußlich aus. Ihre Mutter war auch dieser Meinung. Mrs Krupnik hatte einmal gesagt, dass jedes Gesicht im Neonlicht faltig und alt aussieht. Als sie letzten Sommer in das alte Haus eingezogen waren, in dem sie jetzt wohnten, hatten die Elektriker kommen und die Beleuchtung im Badezimmer austauschen müssen, weil Mrs Krupnik gemeint hatte, sie würde hochgradig depressiv werden, wenn sie sich jeden Morgen unter einer Neonröhre im Spiegel betrachten müsste.

Spiegel gab es hier im Raum zum Glück nicht, wie Anastasia erleichtert feststellte.

Im Grunde genommen gab es überhaupt kaum etwas in diesem Raum. Es war nur ein hell erleuchtetes Zimmer mit demselben grün-weiß karierten Linoleumfußboden wie im Flur und einigen Klappstühlen aus Metall. Zwei Mädchen, etwa so alt wie sie selbst, saßen schon da und starrten auf ihre Knie. Hinten im

Raum hantierte ein großer, kahlköpfiger Mann an einer Videokamera herum.

»Immer hereinspaziert!«, rief er mit dröhnender Stimme. »Ich bin Onkel Charley! Nehmt euch 'nen Stuhl und macht euch miteinander bekannt. Ihr seid unter Freunden. Bis Ende der Woche kennt ihr euch alle in- und auswendig, wetten?«

»Nie im Leben«, murmelte Henry. »Bleib dicht bei mir, Anastasia, okay?«

Anastasia folgte Henry durch das Zimmer und sie setzten sich nebeneinander, so weit wie möglich von den anderen beiden Mädchen weg. Das eine blickte nicht einmal auf. Das andere, ein pummeliger Rotschopf, blickte feindselig herüber. Anastasia lächelte etwas nervös, Henry starrte unbeeindruckt zurück.

»Nimm dich vor der in Acht«, flüsterte Henry Anastasia ins Ohr. »Mit der ist nicht gut Kirschen essen.«

Onkel Charley hantierte weiter an der Videokamera herum, die auf einem Stativ stand. »Diese verflixten Mietgeräte«, schimpfte er, »die funktionieren nie anständig.« Nach einer Weile verkündete er: »So, ich glaube, ich hab's.« Dann kam er nach vorne in den Raum und grinste. »Herzlich willkommen, die Damen. Wir warten noch auf einen weiteren Teilnehmer, dann können wir loslegen. Tante Vera und ich erklären euch zur Einleitung ein paar Sachen, danach kommt die Videokamera zum Einsatz. Ihr werdet zu Fernsehstars. Na, wie findet ihr das?«

Das rothaarige Mädchen erklärte gelangweilt: »Ich war schon im richtigen Fernsehen. Letztes Jahr, in *Junge Talente*.«

Anastasia hörte, dass Henry neben ihr gequält aufseufzte.

»Oh, das ist ja toll, Schätzchen«, erklärte Onkel Charley strahlend. »Echt nützlich, jemanden mit so viel Erfahrung im Kurs zu haben.« Er marschierte zur Tür und rief: »Vera? Ist der letzte Teilnehmer endlich da?«

Tante Vera antwortete etwas und Onkel Charley rief zurück: »Gut, bring ihn her, damit wir anfangen können.«

Ihn? Anastasia blickte Henry überrascht an. Ein *Junge*? Henry verdrehte die Augen.

Tante Vera erschien im Türrahmen und lächelte freundlich, wobei erneut ihre Zähne mit den Lippenstiftspuren aufblitzten. »Such dir einen Platz aus, mein Junge«, sagte sie und trat einen Schritt zur Seite, um einen recht kurz geratenen, stämmigen Jungen vorbeizulassen. Anastasia wollte ihn nicht neugierig anstarren, weshalb sie nur flüchtig aufblickte. Sie sah eine dunkelblaue Hose, ein weißes Hemd und eine Krawatte. Eine Krawatte? Merkwürdig! Sie und Henry und die anderen beiden Mädchen trugen lässige Jeans. Sie wagte einen zweiten kurzen Blick. Der

Junge hielt etwas in der Hand. Eine Aktentasche aus Leder. Eine Aktentasche? Der einzige Junge, den sie kannte, der mit einer Aktentasche herumlief, war . . .

Als der Junge Anastasia erblickte, begann sein Gesicht zu strahlen. »Anastasia Krupnik!«, rief er entzückt.

Oh nein. Oh nein! Das durfte nicht wahr sein. Aber das war es.

Es war niemand anders als Robert Giannini!

Anastasia kannte Robert Giannini seit dem Kindergarten. Anschließend hatten sie zusammen die ersten sechs Schulklassen besucht, bis Anastasias Familie letzten Sommer von Cambridge weggezogen war.

Schon mit fünf Jahren war Robert ein Softie gewesen, obwohl er damals natürlich noch keine Aktentasche mit sich herumgeschleppt hatte. Im Kindergarten hatte Robert nur immer sein Mäppchen mit seinem Namen um den Hals hängen gehabt. Darin hatte er seine Buntstifte aufbewahrt. Anastasia erinnerte sich noch gut daran, dass Robert Giannini immer sehr gesunde Brote mit in den Kindergarten gebracht hatte, Salat in kleinen Plastikschüsseln und Vitaminpillen. Außerdem hatte er stets seine Nasentropfen bei sich – *Nasentropfen!* –, weil er nämlich eine Allergie hatte, und ganze sechs Jahre lang hatte Anastasia dreimal täglich das Vergnügen gehabt, mit ansehen zu dürfen, wie Robert Giannini an seinem

Pult den Kopf in den Nacken legte und das Röhrchen der Nasentropfen in jedes Nasenloch einführte. Kann man sich etwas Widerlicheres vorstellen?

Er hatte sich ständig um alle möglichen Pöstchen beworben. Freiwillig! Er war Aufsichtsperson für Kreide, für Papier, für das Klassenzimmer: Wann immer eine Aufsichtsperson gebraucht wurde – Robert Giannini war zur Stelle.

In der vierten Klasse legte er sich sein Aktenköfferchen zu, das seither auf Schritt und Tritt sein ständiger Begleiter war. Mit jedem Jahr hatte er sich mehr und mehr zum Streber entwickelt, bis er in der sechsten Klasse schließlich unangefochtener Weltmeister aller Streber war.

Er trug grundsätzlich orthopädische Schuhe.

Wenn es regnete, trug er Gummistiefel.

Er schaute nur den Fernsehkanal mit den Bildungsprogrammen, und um Pluspunkte zu sammeln, berichtete er morgens im Unterricht, was für tolle Sendungen er am Vortag gesehen hatte. Einmal – allein schon bei der Erinnerung daran bekam Anastasia eine Gänsehaut – hatte er ein Referat über die menschliche Fortpflanzung gehalten. Er hatte sich vor die versammelte sechste Klasse hingestellt und über die menschliche Fortpflanzung referiert und dabei Worte wie Spermien und weibliches Ei laut *ausgesprochen*. Das war das Allerpeinlichste gewesen, was die Sechstklässler jemals erlebt hatten.

Doch dann war Anastasias Familie umgezogen und Anastasia war sich sicher gewesen, für ihr Leben von Robert Giannini befreit zu sein. Sie hatte sich geschworen ihn niemals wieder zu sehen.

Tja, aber nun stand er vor ihr. Seine lederne Aktentasche fest umklammert, schob er einen Stuhl zur Seite, um sich – sie blickte auf – jawohl, er hatte tatsächlich vor sich neben sie zu setzen!

Und dabei hatte Anastasia seit ihrem Wegzug von Cambridge ihr Möglichstes getan, um zu vergessen, dass sie so einen Hohlkopf wie Robert Giannini jemals gekannt hatte.

Doch jetzt war er wieder da. Hier in diesem Kurs.

»Nun, da wir vollzählig sind, beginnen wir mit der Vorstellungsrunde«, verkündete Onkel Charley, der vorne im Raum stand, mit dröhnender Stimme. »Mich und Tante Vera kennt ihr ja bereits. Und ihr werdet im Laufe dieser Woche noch einiges von uns hören. Aber wir wollen natürlich auch etwas von euch erfahren. Deshalb stellt jeder sich vor, sagt seinen Namen, erzählt ein bisschen von sich und sagt auch, was er sich von diesem Kurs erhofft. Okay? Fangen wir mit dir an, Herzchen, ja, du gleich hier vorne.«

Das dunkelhaarige Mädchen, das bisher auf seinen Schoß gestarrt hatte, zuckte zusammen. Dann blickte es nervös auf und flüsterte: »Ich?«

»Richtig. Sag uns, wie du heißt. Ich habe deinen Namen zwar auf der Liste, aber die anderen Kinder kennen dich noch nicht.«

Das Mädchen flüsterte etwas. Anastasia hatte nichts verstanden.

»Schätzchen«, sagte Tante Vera, »versuch etwas lauter zu sprechen.«

»Helen Margaret Howell«, sagte das Mädchen errötend.

»Gut, und wie alt bist du, Helen?«, fragte Tante Vera.

»Helen Margaret«, flüsterte das Mädchen.

»Aha. Okay, Helen Margaret, und wie alt bist du?«

»Zwölf«, flüsterte Helen Margaret.

»Und was kannst du uns über dich erzählen?«

Helen Margaret schüttelte den Kopf. »Hm, ich weiß nicht.«

»Nun«, sagte Tante Vera aufmunternd, »was für interessante Sachen hast du in letzter Zeit so erlebt?«

Helen Margaret schwieg. Sie starrte auf den Fußboden.

Tante Vera lächelte verständnisvoll. »Du bist etwas nervös, Schätzchen. Das wird sich bald legen. Gut, die Nächste. Du?« Sie deutete auf das rothaarige Mädchen.

»Ich heiße Bambi, wie das kleine Reh, aber ich schreibe mich mit einem ›e‹ am Ende – Bambie«, erklärte das Mädchen mit lauter, selbstsicherer

Stimme. »Bambie Browne – Browne auch mit einem ›e‹ am Ende. Ich bin vierzehn Jahre alt und möchte später im Unterhaltungssektor arbeiten. Letztes Jahr bin ich im Fernsehen aufgetreten, bei *Junge Talente.* Ich durfte ein Gedicht aufsagen. Ich habe schon an mehreren Talentwettbewerben teilgenommen. Mein Agent hat mir geraten diesen Kurs zu besuchen, um mir ein paar Anregungen zu holen. Mit zehn wurde ich zur Miss Schneeflöckchen gewählt. Ich trug ein speziell für mich geschneidertes Kleid und es war das einzige im Wettbewerb, das nicht weiß war. Es war grün, wisst ihr, wegen meiner Haarfarbe. Das ist meine natürliche Haarfarbe und . . .«

»Danke, die Nächste bitte!« Tante Vera blickte zu Henry.

»Ich bin Henry Peabody, dreizehn Jahre alt, und ich bin hier, weil ich später vielleicht mal als Model arbeiten möchte. Meine Tante – meine richtige Tante übrigens, keine Nenntante – meinte, ich könne eventuell Model werden, weil ich so groß und schlank bin. Und als Model würde ich genügend Geld verdienen, um nebenher aufs College zu gehen.« Sie machte eine Pause, ehe sie noch hinzufügte: »Meine Haarfarbe ist auch echt, meine Hautfarbe übrigens auch.« Sie grinste.

Anastasia wäre am liebsten im Erdboden versunken. Sie war als Nächste an der Reihe und ihr fiel absolut nicht ein, was sie sagen sollte. Tante Vera lächelte ihr aufmunternd zu.

»Hm, ähm . . . ich bin Anastasia Krupnik. Ich bin dreizehn, genau wie Henry. Und ich bin groß und schlank, genau wie Henry, aber im Gegensatz zu ihr möchte ich nicht unbedingt Model werden. Ich glaube, ich will Buchhändlerin werden. Ich bin hier, weil ich . . . nun ja, ich weiß nicht, ich würde gern etwas selbstsicherer auftreten.«

»Gut. Bobby?«

Robert Giannini erhob sich. Typisch für ihn, dachte Anastasia. Kein Mensch war aufgestanden, aber Robert Giannini musste aufstehen. »Ich heiße Robert, nicht Bobby«, erklärte er. »Ich bin dreizehn, aber da ich noch nicht ausgewachsen bin, wirke ich vielleicht etwas jünger. Aber ich rechne mit einem baldigen Wachstumsschub.«

Anastasia vergrub ihr Gesicht in den Händen. *Wachstumsschub.* Wieder einmal ein typischer Robert-Giannini-Ausdruck.

»Ich bin hier, weil mich dieser Kurs allgemein interessiert«, fuhr Robert fort. »Ich habe noch keine genauen Berufsvorstellungen, spiele aber mit dem Gedanken, eventuell Ingenieur zu werden. Ich glaube nicht, dass ich in der Unterhaltungsbranche tätig sein möchte, obwohl ich einige Zaubertricks beherrsche. Aber ich habe vielseitige Interessen und möchte diverse Möglichkeiten ausprobieren. Wenn ich hier feststelle, dass ich fotogen bin, käme auch eine Karriere beim Fernsehen für mich in Betracht . . .«

Anastasia war klar, dass er endlos weiterreden würde. Offensichtlich war es auch Onkel Charley klar, denn er fiel Robert irgendwann ins Wort.

»Gut«, sagte Onkel Charley. »Jetzt wo wir einander einigermaßen kennen gelernt haben, können wir gleich anfangen.«

»Hast du Lust auf ein Mittagessen bei McDonald's?«, fragte Henry. »Oder gehen wir gleich rüber in den Park und übergeben uns?«

Anastasia kicherte. Sie hatten das *Studio Charmante* gerade verlassen, weil Mittagspause war, und standen zusammen an einer windigen Straßenecke. Robert Giannini war im Studio geblieben und hatte Onkel Charley so lange voll gelabert, bis dieser sich bereit erklärt hatte, ihm die verschiedenen Einstellmöglichkeiten der Videokamera genau zu erklären. Bambie Browne war spurlos verschwunden – wahrscheinlich frischte sie ihre Wimperntusche auf – und Helen Margaret hatte sich mit ihrem mitgebrachten Sandwich in den Aufenthaltsraum zurückgezogen.

»Ich kann nicht«, sagte Anastasia bedauernd. »Ich bin zum Mittagessen verabredet. Tut mir Leid.«

Henrys Augen blitzten auf. »Mit einem Jungen?«

»Nein, nichts Interessantes. Mit einer Frau. Aber um eins treffen wir uns wieder hier, okay?«

»Okay. Ich hole mir einen Big Mac und gehe ins Musikgeschäft. Vielleicht höre ich mir ein bisschen Shakespeare an – für heute Nachmittag«, sagte Henry lachend. »Ich übe ein paar Gesten ein.«

Anastasia lachte ebenfalls, verabschiedete sich und eilte dann in die entgegengesetzte Richtung davon.

Es war ein komischer Morgen gewesen. Onkel Charley hatte bis jetzt drei von ihnen auf Video aufgenommen – alle außer Henry und Anastasia, die erst nach der Mittagspause drankommen würden.

»Gebt euch ganz natürlich«, hatte er gesagt. »Dies ist nur die Anfangsaufnahme. Am Ende der Woche machen wir die Abschlussaufnahmen, damit ihr sehen könnt, welche Fortschritte ihr gemacht habt. Fangen wir mit dir an, Helen Margaret. Stell dich bitte vor die Klasse und erzähle einfach ein bisschen von dir. Schau direkt in die Kamera.«

Helen Margaret ging nach vorne in den Raum, als wäre sie aus Holz. Sie stellte sich an die Stelle, die Onkel Charley ihr andeutete, blickte auf den Boden und schwieg.

»Okay, Herzchen«, sagte Tante Vera, »die Kamera läuft. Erzähl etwas von dir. Und schau hoch. Wir beißen nicht.«

Helen Margaret hielt den Kopf weiterhin gesenkt

und schielte nur kurz unter ihren dichten dunklen Ponyfransen hervor. »Ich weiß nicht, was ich sagen soll«, murmelte sie.

»Hast du irgendwelche Hobbys?«, dröhnte Onkel Charleys Stimme hinter der Videokamera hervor.

Helen Margaret biss sich auf die Lippen und schüttelte den Kopf. »Nein«, flüsterte sie fast lautlos.

»Oder einen Freund?«, fragte Tante Vera.

»Nein.«

Anastasia hätte Tante Vera gerne geraten offene Fragen zu stellen. Aber sie kam zu dem Schluss, dass es noch etwas verfrüht wäre, die Kursleiterin zu korrigieren. Deshalb schwieg sie vorsichtshalber.

Das Interview, beziehungsweise Nicht-Interview, dauerte zirka zehn Minuten, wobei Helen Margaret meist nur einsilbige Antworten murmelte und stur auf den Boden blickte. Sie tat Anastasia richtig Leid. »Ich werde mich zwar auch nicht wohl fühlen, wenn ich an der Reihe bin«, dachte sie, »aber zumindest werde ich aufrecht dastehen und den Mund aufbekommen. Ich kann von meiner Familie und so erzählen.«

Bambie war als Nächste an der Reihe. Sie stellte sich vor der Klasse auf und begann mit ihrer Vorführung, noch ehe Onkel Charley eine Chance hatte, die Videokamera zu betätigen. »Langsam«, rief er. »Noch einmal von vorne bitte.«

Bambie warf ihre Haare in den Nacken, strich sie

glatt und wartete, bis die Kamera lief. »Ich möchte den Monolog aufsagen, den ich bei *Junge Talente* vorgetragen habe«, verkündete sie. »Es ist Julias Sterbeszene. Die Julia aus *Romeo und Julia*. Ihr wisst schon.«

Anastasia hörte, wie Henry, die neben ihr saß, leise aufstöhnte. Auch Anastasia wand sich, als Bambie mit einer großartigen Geste die Hände mit dem nicht vorhandenen Giftfläschchen ausstreckte. »Werd ich dann nicht in dem Gewölb ersticken, des gift'ger Mund nie reine Lüfte einhaucht«, intonierte sie theatralisch, »und so erwürgt daliegen, wenn mein geliebter Romeo kommt?« Sie tat so, als würde sie von dem imaginären Gift trinken, und ließ sich dann langsam zu Boden sinken. Mitten im Fallen rief sie Onkel Charley zu: »Haben Sie alles draufbekommen? Dann muss ich nicht ganz fallen. Ich könnte auf dem Stuhl zusammenbrechen. Ich habe beide Möglichkeiten einstudiert.«

Onkel Charley schaltete die Kamera aus. »Das reicht, Herzchen.«

»Robert, wie wär's jetzt mit dir?«, schlug Tante Vera erschöpft vor.

Robert Giannini griff nach seiner Aktentasche und nahm sie mit sich nach vorne. »Ich würde zu gern wissen, was er darin mit sich herumschleppt«, dachte Anastasia.

»Was er wohl erzählen wird? Wenn er jetzt sein

Referat über die menschliche Fortpflanzung bringt, verlasse ich demonstrativ den Raum. Ich kann dann zwar die ganzen 119 Dollar in den Wind schreiben, aber um nichts in der Welt werde ich noch einmal still dasitzen und mir anhören, wie Robert Giannini sagt: ›Von über zehn Millionen Spermien erreicht nur das schnellste das weibliche Ei.‹«

Robert räusperte sich, rückte seine Krawatte zurecht und begann: »Ich werde über das Raumfahrtprogramm der Vereinigten Staaten sprechen.«

»Rrrrrr.« Henry gab leise Schnarchlaute von sich.

Anastasia seufzte, als sie sich Roberts Auftritt noch einmal durch den Kopf gehen ließ. Der Kurs verlief ganz anders, als sie sich vorgestellt hatte. Das einzig Positive daran war Henry Peabody.

Dann versuchte sie schon lieber, sich weitere offene Fragen für die Buchhändlerin auszudenken. Doch ihre Gedanken schweiften ständig ab, unter anderem zu ihrem Aufsatz über das Schulprojekt.

Anastasia Krupnik

Mein Berufswunsch

Wenn man sich auf seinen späteren Beruf
vorbereitet, stößt man manchmal auf Personen,
die man besser nie getroffen hätte.

Dies können Menschen aus der Vergangenheit
sein – Leute, von denen man gehofft hatte, sie
wären für immer von der Bildfläche
verschwunden.

Man kann aber auch Leute treffen, die man
noch nie zuvor gesehen hat – Leute, die
Shakespeare zum Besten geben, dabei viele
Gesten machen und am Schluss einen grässl-
lichen Hofknicks.

Ich fürchte, gegen so etwas ist man machtlos.

Ein Umzug in eine andere Stadt scheint auch
keine Lösung zu sein.

Vielleicht wäre es ratsamer, das Land zu
verlassen.

Fünf

Anastasia ging durch den Stadtpark und versuchte, nicht auf den Trinker zu starren, der zusammengekauert auf einer Bank saß und aus einer in einer Papiertüte versteckten Flasche trank. Sie blieb nur kurz stehen, um einen großen Hund zu streicheln, der mit einem Stöckchen im Maul zu ihr gerannt kam und freudig mit dem Schwanz wedelte, bis sein Besitzer »Komm, Sheba!« rief, woraufhin der Hund widerwillig, wenn auch gehorsam davontrottete.

Sie kam an dem Rathaus mit seiner golden glänzenden Kuppel vorbei und schließlich in die Straße, nach der sie gesucht hatte. Hier in Beacon Hill war es ruhiger und fast menschenleer. Die Straßen waren eng, hatten gepflasterte Gehsteige und waren mit Bäumen und malerischen Straßenlaternen gesäumt. Geschäfte gab es hier nur wenige, dafür aber ein großes Backsteinhaus nach dem anderen.

Ihr Vater hatte ihr erzählt, dass diese Häuser früher, im letzten Jahrhundert, alle von einzelnen Familien bewohnt gewesen waren. Inzwischen waren sie jedoch in Apartments unterteilt worden. Nur wenige Leute besaßen noch ganze Häuser in Beacon Hill. Nur noch die ganz Reichen.

Anastasia schaute nach den Hausnummern und ging langsam wieder hügelabwärts. Ihr kam ein schrecklicher Gedanke. Was, wenn diese Buchhandlung sich in einem Privathaus befand? Was, wenn die Buchhändlerin, Mrs Barbara Page, alt, reich und unfreundlich war?

Anastasia betrachtete ihre Beine und Füße. Ihre Stiefel waren mit grauem Schneematsch bedeckt, der Saum ihrer Jeans war durchweicht. Na super! Sie hatte plötzlich die schreckliche Vision einer alten, reichen, miesepetrigen Buchhändlerin, die sie voller Abscheu musterte, weil sie den blank polierten Fußboden ihrer Buchhandlung schmutzig machte.

Im Geiste sah sie eine Zeitungsüberschrift vor sich, die besagte: *Schülerin von erboster Buchhändlerin in Beacon Hill erschlagen.*

Darunter sah sie in kleineren Buchstaben stehen: *»Sie hat meine wertvollsten Exemplare mit Matsch beschmutzt«, erklärt Barbara Page.*

Schließlich kam Anastasia noch ein dritter und nicht minder trauriger Satz in den Sinn: *Totschlag im Affekt, erklärt ein verständnisvoller Richter.*

»Pack das Bein da!«, hörte Anastasia plötzlich eine laute Männerstimme brüllen. Erschrocken zuckte sie zusammen und machte einen Satz. Welches ihrer Beine wollte der Mann packen, das rechte oder das linke? Würde sie mit dem anderen um sich kicken können?

Da bemerkte sie, dass die Stimme hinter einem Lastwagen hervorgekommen war, der die Aufschrift UMZÜGE – NAH UND FERN trug. Zwei Männer mühten sich mit einem schweren, grünen Sofa ab. Anastasia fiel ein, wie ihre Familie letzten Sommer von Cambridge weggezogen war und wie die Möbelpacker mit ihren Möbeln damals ähnlich umgegangen waren. Sie hatten auch laut herumgebrüllt. Sie hatten sogar Dinge gebrüllt, die wesentlich schlimmer waren als »Pack das Bein da!«, erinnerte sie sich jetzt.

Sie blieb kurz stehen und wartete, bis die Männer das schwere Sofa seufzend und ächzend über den Gehsteig und die Stufen eines Hauses hinaufgetragen hatten. Dann ging sie weiter und plötzlich war sie am Ziel.

Wow! Es war kein Privathaus. Es war ein richtiges Geschäft, eine richtige Buchhandlung, die sich im Erdgeschoss eines alten Backsteinhauses befand. Im Schaufenster hing ein Holzschild, in das PAGES eingeschnitzt war.

Erleichtert zog Anastasia ihren Handschuh aus und stieß die Tür auf. Ein Glöckchen über der Eingangstür verkündete bimmelnd ihre Ankunft.

»Hallo, ich bin Barbara Page, und du musst Anastasia Krupnik sein. Willst du die Stiefel nicht ausziehen?«, begrüßte sie die Buchhändlerin. »Du hast bestimmt kalte Füße.«

Anastasia sagte »Hallo« und kniete sich nieder, um ihre Stiefel aufzuschnüren. Sie hatte tatsächlich eiskalte Füße, wie sie jetzt bemerkte. Doch dann fiel ihr etwas auf. Etwas sehr Peinliches sogar. Betreten blickte sie auf. »Es ist mir etwas unangenehm«, sagte sie, »aber meine Socken . . .«

Barbara Page schaute auf Anastasias Füße und lachte. »Oh, ein blauer und ein brauner. Das macht doch nichts. Stell deine Stiefel dort in die Ecke und komm mit mir ins Hinterzimmer. Ich habe ein paar Sandwiches für uns vorbereitet.«

Anastasia folgte Mrs Page und sah sich dabei in dem voll gestopften, farbenfrohen Laden um. Buchläden gehörten zu den Orten, an denen Anastasia am liebsten war; möglicherweise standen sie sogar auf Platz eins ihrer Liste, zusammen mit Büchereien. Manchmal dachte sie, dass sie schrecklich gern in einer Bücherei leben würde, sogar ohne Küche – sie würde einfach auswärts essen und den Rest ihres Lebens inmitten ihrer Bücher verbringen.

Aber vielleicht wäre es noch besser, in einer Buchhandlung zu leben. Richtig, wenn einem die Buchhandlung gehörte, konnte man irgendwo im Hinterzimmer eine kleine Küche einbauen – das sah sie jetzt, als sie mit Barbara Page in den Hinterraum ging, wo eine Kaffeemaschine und eine Spüle standen –, dann müsste man überhaupt nie aus dem Haus gehen. Man lebte einfach inmitten seiner Bücher.

Man könnte lesen und lesen und ab und zu einen Happen essen. Was für ein tolles Leben!

Mit einem Mal fand Anastasia, dass sie mit ihrem Berufswunsch total richtig lag.

»Wohnen Sie hier?«, fragte sie.

Barbara Page nickte. »So gut wie«, antwortete sie. »Eigentlich leben mein Mann und ich oben in der Wohnung im ersten Stock. Aber ich muss morgens nur die kleine Treppe dort drüben hinuntergehen . . .« – Anastasia schaute in die Richtung, in die Mrs Page zeigte, und konnte hinter einer halb geschlossenen Tür das untere Ende eines schmalen Treppenhauses sehen – ». . . und schon bin ich an meinem Arbeitsplatz.«

»Wie praktisch!«

Barbara Page nahm einige belegte Brötchen aus einer Tüte und legte sie auf ein Tablett. Dann goss sie zwei Gläser Cola ein.

»Du hast Recht«, sagte sie. »Es ist wirklich sehr praktisch. Sag mal, wie geht es deinem Vater? Ich mag seine Bücher. Arbeitet er an einem neuen Werk?«

Anastasia nickte. »Ja, aber es wird noch eine Weile dauern, bis es fertig ist. Er ist gerade an dem Punkt, an dem er sagt, er würde das ganze Manuskript verbrennen und seinen Beruf wechseln, vielleicht Tennisprofi werden oder so.«

»Ah, ich wusste nicht, dass er Tennis spielt.«

»Tut er auch nicht. Aber das spielt keine Rolle, weil

er sowieso kein Tennisprofi werden möchte. Er behauptet es nur immer, wenn er mitten in einem neuen Buch steckt. Wenn er das sagt, dauert es in der Regel noch etwa sechs Monate, bis er fertig ist.«

»Greif zu.« Barbara Page reichte Anastasia die Hälfte eines Thunfisch-Brötchens. Anastasia biss hinein.

Das Telefon auf dem überfüllten Schreibtisch klingelte. Die Buchhändlerin schluckte hastig, nahm den Hörer ab und sagte: »Pages, guten Tag.«

Während Anastasia ihre Brötchenhälfte aufaß und an ihrer Cola nippte, hörte sie zu. Sie belauschte das Gespräch nicht wirklich, beruhigte sie ihr Gewissen, denn schließlich saß sie direkt neben dem Telefon. Außerdem war es ein geschäftlicher Anruf und deshalb eine gute Möglichkeit, Näheres über ihren späteren Beruf zu erfahren.

»Oh, Mrs Devereaux, das tut mir wirklich Leid«, hörte sie Barbara Page sagen. »Es bekam tolle Kritiken und ich war fest davon überzeugt, dass es die Art von Buch ist, die Ihnen zusagt.«

Barbara Page lauschte eine Weile angestrengt, wobei sie Anastasia zublinzelte. Dann fuhr sie fort: »Aber nein, Kitsch würde ich es nicht nennen, Mrs Devereaux. In der *New York Times* stand, es sei aggressiv und realistisch, aber dennoch fanden sie es brillant. Der Autor bekam übrigens im letzten Jahr den Pulitzerpreis.«

Nachdem sie wieder eine Zeit lang zugehört hatte, sagte sie in höflichem Ton: »Natürlich können Sie es zurückbringen. Ich gebe Ihnen einen Gutschein. Bringen Sie es einfach vorbei, wenn Sie wieder in der Gegend sind.«

Barbara Page legte auf und seufzte. »Diese Frau! Also wirklich! Sie kauft ein Buch, liest es, und dann bringt sie es wieder und will ihr Geld zurück. Sie sollte wirklich besser in eine öffentliche Bücherei gehen.« Sie verdrehte die Augen. »Das ist jetzt schon das dritte Buch seit September, das sie zurückbringt. Dabei sind die Bücher ständig mit Kaffeeflecken übersät, so dass ich sie nicht weiterverkaufen kann.«

Anastasia riss die Augen auf. »Aber das geht doch nicht!«, rief sie empört.

Barbara Page schmunzelte. »Na ja, Pech für mich«, sagte sie.

Während Anastasia ihr Brötchen aufaß und ihre Cola trank, hörte sie Barbara Page noch weitere drei Mal telefonieren. Zu einem der Anrufer hörte sie sie sagen: »Ich führe keine CDs, tut mir Leid. Versuchen Sie es doch bei Bames & Noble.«

Zu einem anderen Anrufer hörte sie sie sagen: »Ja, ich habe dieses Buch vorrätig, Mr Phelps. Aber um ehrlich zu sein – ich glaube nicht, dass es das richtige Geburtstagsgeschenk für Ihre Mutter ist. Seit sie am grauen Star operiert wurde, kann sie doch kaum noch lesen. Ich glaube, eine Musikkassette wäre besser geeignet, zumindest bis ihre Augen sich erholt haben. Ich weiß, dass sie Bach liebt. Warum schenken Sie ihr nicht eine Aufnahme von *Magnificat*?«

Zum dritten Anrufer sagte sie schließlich: »Herrje, das ist seit Jahren vergriffen. Sie könnten es höchstens in einer Bibliothek finden, Mrs MacDonald. Oder, falls Sie es unbedingt kaufen wollen, sollten Sie es in einem Antiquariat versuchen.«

Nach dem letzten Anruf sagte Anastasia kopfschüttelnd: »Ich will nicht unhöflich sein oder so, aber ich frage mich, wie Sie überhaupt etwas verdienen können. Wissen Sie, mein Vater sagte mir, dass Sie bei seiner Lesung siebenundvierzig Leute mit Käsewürfeln und Wein verköstigt und nur drei Exemplare seines Buchs verkauft haben, und nun erzählen Sie mir, dass Sie sogar Bücher mit Kaffeeflecken wieder zurücknehmen, und Sie raten Ihren Kunden, lieber Musikkassetten zu kaufen, oder schicken Sie in andere Buchläden, und irgendwie ist mir nicht klar, wie . . .«

Plötzlich fiel Anastasias Blick durch die Tür in den Verkaufsraum. Er sah genauso aus, wie eine Buchhandlung ihrer Meinung nach aussehen musste: Jede Wand war bis zur Decke mit Bücherregalen voll gestellt. Auf den Regalbrettern standen Bücher in allen erdenklichen Farben und in der Ecke mit den Kinderbüchern sah sie einen Kindertisch und kleine Stühle.

Auf dem Tisch lag ein wunderschön illustriertes Kinderbuch. Auf den aufgeschlagenen Seiten sah man Häschen in Joggingschuhen, die eine Landstraße entlangrannten.

Aber etwas fehlte.

Unter Barbara Pages fragendem Blick rückte Anastasia ihre Brille zurecht, runzelte die Stirn und starrte in den Verkaufsraum, während sie angestrengt überlegte, was hier wohl fehlte.

Schließlich drehte sie den Kopf wieder zur Buchhändlerin. »Es sind ja gar keine Kunden da«, sagte sie bestürzt.

Barbara Page lächelte und zuckte mit den Schultern. »Manchmal schon«, antwortete sie. »Aber nie sehr viele, das gebe ich zu.«

»Aber wovon leben Sie dann? Womit bezahlen Sie die Ladenmiete?«, fragte Anastasia.

Da ertönte plötzlich eine Männerstimme. »Barb?«, rief jemand von oben durch das Treppenhaus.

»Was ist, Schatz?«, rief die Buchhändlerin zurück.

»Wo ist das *Wall Street Journal* von gestern?«, fragte der Mann.

»Auf deinem Schreibtisch. Du hast es gestern Abend dorthin gelegt«, rief Barbara Page zurück. Dann wandte sie sich mit einem etwas verlegenen Lächeln wieder an Anastasia. »Tja, so bezahle ich die Miete. Es gibt nämlich keine. Das Gebäude gehört uns – meinem Mann und mir.«

»Oh.«

»Das scheint dich zu enttäuschen.«

»Nein«, sagte Anastasia. »Ich bin nicht enttäuscht. Nur etwas verwundert. Ich meine, ich freue mich, dass Sie einen Ehemann haben – er hört sich echt nett an –, und ich kenne jede Menge berufstätiger Frauen, die verheiratet sind. Meine Mutter, zum Beispiel.«

»Warum wunderst du dich dann?«

»Was ist, wenn ich groß bin und meinen Traumberuf ausüben möchte und keinen Ehemann habe, der ein Haus hat, in dem ich arbeiten kann?«

»Dann«, antwortete Barbara Page entschlossen, »musst du hart arbeiten, Erfolg haben und dir dein eigenes Haus kaufen. Ich wette, du wirst dir letzten Endes zwei oder drei Häuser leisten können, Anastasia. Du siehst aus, als könntest du hart arbeiten. Hier, nimm ein paar Kartoffelchips.«

Anastasia nahm einen und kaute ausgiebig. Sie dachte über Barbara Pages Worte nach. Es stimmte, dass sie hart arbeiten konnte. Bestimmt würde sie eine erfolgreiche Buchhändlerin werden. Klar, am Ende würde sie vielleicht sogar ganze Hochhäuser besitzen.

Aber es wäre vielleicht ganz nützlich, fiel ihr auf, einen Mann zu heiraten, der eigene Immobilien besäße.

»Wissen Sie was?«, sagte sie zu Barbara Page. »Ich

glaube, ich muss mir weiterhin alle Möglichkeiten offen halten.«

»Wie meinst du das?«

»Nun ja, ich möchte unabhängig sein und alles, ich möchte hart arbeiten und eine erfolgreiche Buchhändlerin werden, die sich Wolkenkratzer kaufen kann, aber . . .«

»Aber was?«

»Aber falls ich mich irgendwann in einen reichen Mann verliebe, möchte ich gut vorbereitet sein. Ich will ein selbstsicheres Auftreten und Selbstvertrauen haben, eine gute Haltung und Sinn für Mode, weil ein möglicher späterer Ehemann wahrscheinlich nicht unbedingt auf ausgefranste Jeans und Socken steht, die farblich nicht zusammenpassen, richtig? Wissen Sie, ich besuche zurzeit einen Kurs – ich habe noch nichts davon erzählt, aber ich mache gerade einen Kurs bei – oh, verflixt, wie spät ist es?« Anastasia riss den Ärmel ihres Sweatshirts zurück und schaute auf ihre Uhr. »Fast eins? Himmel, ich muss los!«

»Hey, dein Besuch hat mich gefreut, Anastasia. Schön, dass dein Vater dich vorbeigeschickt hat. Ich bin manchmal etwas einsam. Schade, dass du nicht länger bleiben kannst.«

»Aber . . .« Bestürzt blickte Anastasia die Buchhändlerin an.

»Aber was?«

»Ich habe das Interview vergessen!«, jammerte Anastasia.

»Dann komm eben ein andermal wieder.«

»Darf ich?«

»Klar, allerdings nicht morgen, weil ich dienstags immer die Seniorengruppe zum Mittagessen und Literaturgesprächskreis hier habe. Donnerstag passt auch nicht, weil donnerstags immer die Vorschulkinder zu einer Vorlesestunde kommen . . .«

»Verkaufen Sie eigentlich Bücher? Ich meine, kauft einer von diesen Leuten jemals ein Buch bei Ihnen?«

Barbara Page lachte. »Das kommt schon vor. Aber sie alle lieben Bücher, das ist es, was zählt. Wie wär's mit Mittwoch?«

»Gut, ich werde kommen. Und dann machen wir das Interview ganz bestimmt. Und außerdem werde ich . . .«

»Was wirst du außerdem tun?«

»Ich werde ein Buch kaufen«, sagte Anastasia. »Ehrenwort! Und in der Zwischenzeit werde ich eingehend über mein Schulprojekt nachdenken.«

Anastasia Krupnik

Mein Berufswunsch

Selbst wenn man ein gutmütiger Mensch ist, der seinen Beruf liebt, und selbst wenn man zufällig einen Ehemann hat, mit dem zusammen man ein Haus besitzt, in dem man seinen Traumberuf ausüben kann, muss man dennoch auch eine knallharte Geschäftsfrau sein können.

Man kann doch nicht zulassen, dass wildfremde Leute einem Kaffeeflecken auf die Bücher machen!

Sechs

Du siehst müde aus«, sagte Mrs Krupnik, als Anastasia an diesem Abend zur Küchentür hereingekommen war und sich auf einen Stuhl hatte fallen lassen ohne vorher ihre Jacke auszuziehen.

»Bin ich auch«, antwortete Anastasia. »Ich bin fix und fertig. Hallo, Paps. Was um alles in der Welt machst du da?«

Ihr Vater saß am Küchentisch über einen Stapel Zeitschriften gebeugt und hatte eine Schere in der Hand. Er verzog das Gesicht. »Ich mache Sams Hausaufgaben für den Kindergarten. Warum um alles in der Welt verlangen sie von einem Dreijährigen zu Hause Bilder von Lastwagen auszuschneiden, wenn er noch gar nicht in der Lage ist, mit einer Schere umzugehen?« Dr. Krupnik blätterte weiter, betrachtete prüfend die Abbildung eines Möbelwagens und griff wieder zur Schere. »Na, wie war dein Tag? Ich hoffe, du hast keine Hausaufgaben auf, die du nicht allein hinkriegst.«

»Mein Tag war echt ...« Anastasia verstummte mitten im Satz, weil ihr einfiel, wie sehr ihr Vater das Wort »echt« im Sinne von »sehr« hasste. »Er war merkwürdig«, sagte sie. »Aber ich kann dich beruhigen, ich habe keine Hausaufgaben auf. Ich soll nur selbstsicheres Auftreten üben. Um selbstsicher aufzutreten, muss ich klar und deutlich sprechen und den Leuten immer in die Augen blicken, wenn ich mit ihnen rede.«

Ihr Vater hatte die Stirn gerunzelt und war voll und ganz damit beschäftigt, fein säuberlich um die Räder des Möbelwagens herumzuschneiden. »Schau mir bitte nicht in die Augen, solange ich das hier noch ausschneide«, sagte er, »sonst geht's garantiert schief.«

»Und mir schaust du besser auch nicht in die Augen, solange ich Eischnee schlage«, sagte ihre Mutter, »sonst lasse ich den Mixer zu lange laufen und dann können wir unseren Kuchen vergessen.« Sie schaltete den Mixer an.

Anastasia zuckte mit den Schultern und zog endlich ihre Jacke aus. »Na gut«, sagte sie. »Wo ist denn eigentlich Sam? Dann schaue ich eben Sam in die Augen.«

»Ich bin hier«, ertönte Sams Stimme. Doch er war nirgends zu sehen. »Hier, unter dem Tisch.«

»Was machst du unter dem Tisch?«, fragte Anastasia. Sie hob eine Ecke des Tischtuchs an, bückte sich und entdeckte ihren Bruder.

»Ich bin ein Höhlenmensch«, erklärte Sam.

Anastasia kniete sich auf den Boden und streckte ihren Kopf unter das Tischtuch. »Schau mir in die Augen, Sam«, befahl sie.

Sam starrte seine Schwester an.

Anastasia schaute ihm stur in die Augen. Nach einer Weile sagte sie klar und deutlich: »Höhlenmensch spielen ist doch furchtbar langweilig, oder? Ich hätte keine Lust, ewig unter dem Tisch zu sitzen.«

»Stimmt eigentlich«, sagte Sam. »Dann höre ich jetzt auf.« Er kroch aus seiner Höhle hervor.

»Wisst ihr, was auch langweilig ist?«, fragte Dr. Krupnik. Er legte die Schere aus der Hand und strich sich über seinen Bart. »Lastwagen auszuschneiden. Reichen die hier, Sam? Es sind acht Stück.«

Sam nickte zufrieden.

»Gut«, sagte sein Vater. »Nun zu dir, Anastasia. Schau mir bitte in die Augen, um selbstsicheres Auftreten zu üben.«

Anastasia drückte die Schultern zurück und schaute ihrem Vater unverwandt in die Augen.

»Ganz ausgezeichnet«, sagte er nach einer Weile. »Und jetzt sei bitte so lieb, geh an den Kühlschrank und hol mir ein Mineralwasser. Dann erzähle mir ganz ausführlich, was du heute alles erlebt hast.«

»Wird gemacht, Sir«, antwortete Anastasia klar und deutlich.

»Eine gute Seite hat die Sache«, begann Anastasia, nachdem ihr Vater die Wasserflasche geöffnet und sich eingeschenkt hatte. »Ich habe eine neue Freundin. Sie heißt Henry, obwohl sie ein Mädchen ist. Eigentlich heißt sie Henrietta, aber wenn jemand sie so nennt, bringt sie ihn um.«

»Ich kannte auch einmal ein Mädchen mit einem Jungennamen: Stevie«, sagte ihre Mutter. Sie hatte den Kuchenteig fertig, den sie nun in den Backofen schob. »Ich glaube, in Wirklichkeit hieß sie Stefanie, aber sie ließ sich lieber Stevie nennen.«

»Im Kindergarten haben wir ein Mädchen, das Nicky heißt«, wusste Sam zu berichten, »aber die hasse ich.«

»Du sollst nicht ›hassen‹ sagen, Schatz«, erklärte ihm Mrs Krupnik. »Du darfst sagen, dass du sie nicht leiden kannst, aber ›hassen‹ ist kein schönes Wort.«

Sam machte ein finsteres Gesicht. »Im Kindergarten haben wir ein Mädchen, das Nicky heißt«, wiederholte er. »Aber die kann ich so wenig leiden, dass ich sie am liebsten mit einem großen Laster überfahren würde.«

Mrs Krupnik regulierte die Temperatur des Backofens. »Nun ja«, meinte sie achselzuckend, »das ist schon etwas höflicher ausgedrückt, würde ich sagen.«

»Weiter, Anastasia«, sagte ihr Vater. »Was war sonst noch?«

Anastasia erzählte ihrer Familie von Bambie und ihrer Szene aus *Romeo und Julia.* Ihre Eltern wollten sich ausschütten vor Lachen.

»Im Kindergarten haben wir einen Videofilm von

Bambi«, warf Sam ein. »Bambi ist mein Lieblingsfilm, zusammen mit Dumbo, dem kleinen Elefanten.«

»Die Bambie, die ich meine, schreibt sich mit einem ›e‹ am Ende«, informierte Anastasia ihn. »Es ist nicht das kleine Reh aus deinem Film.«

»Hasst du sie auch?«, wollte Sam wissen, verbesserte sich jedoch sogleich. »Ich meine, kannst du sie auch nicht arg leiden?«

Anastasia legte die Stirn in Falten und überlegte angestrengt. »Hm, ich glaube, du hast Recht. Ich kann sie nicht arg leiden.«

Dann erzählte sie von Helen Margaret.

»Magst du sie auch nicht arg leiden?«, fragte Sam.

»Doch, sie ist okay«, antwortete Anastasia. »Aber sie tut mir irgendwie Leid. Im Fach Sicheres Auftreten rasselt sie bestimmt durch. Das mit dem In-die-Augen-Schauen kann sie überhaupt nicht. Klar, es ist nicht einfach, den Leuten in die Augen zu schauen. Aber wenn man sich anstrengt, müsste man es doch schaffen.«

»Ich schaffe es ganz leicht«, sagte Sam. »Schau mich an!« Er stellte sich neben Anastasias Stuhl und beugte sich vor, bis seine Stirn die ihre praktisch berührte. Ohne zu blinzeln starrte er sie eine geraume Weile an. »Siehste? Ich kann es ganz doll.«

»Richtig. Du bist gut darin«, lobte Anastasia. »Aber Helen Margaret kann es nicht. Sie versucht es, doch dann muss sie immer schnell wegschauen, auf den Boden.«

»Ich nehme an, sie ist sehr schüchtern«, sagte Mrs Krupnik. »Vielleicht wird sie bis zum Ende der Woche etwas lockerer.«

»Ich hoffe es für sie«, sagte Anastasia. Dann berichtete sie von Robert Giannini.

»*Robert Giannini?*«, rief Mrs Krupnik verblüfft aus. »Ich kann mir nicht vorstellen, dass Robert Giannini einen Kurs an einem Model-Institut besucht. Aber er war schon immer ein etwas komischer Junge. Wahrscheinlich darf man sich bei ihm über nichts wundern.«

»Magst du den auch nicht doll leiden?«, fragte Sam.

»Du hast es erfasst, Sam«, antwortete Anastasia. Sie musste kichern. »Ich kann Robert Giannini so wenig leiden, dass ich mir wünsche, sein doofer Wachstumsschub ginge in die verkehrte Richtung, damit er schrumpft und schrumpft, bis er schließlich ganz verschwunden ist.«

»Aber ich glaube mich zu erinnern«, sagte ihre Mutter, »dass es eine Zeit gab – war es nicht damals in der sechsten Klasse –, in der du Robert ganz gut fandest. Ihr wart sogar miteinander befreundet, stimmt's?«

Anastasia knurrte abfällig. »Mama«, sagte sie, »damals war ich noch ein Kind. Ein kleines, unreifes

Kind ohne das kleinste Fünkchen Selbstbewusstsein.«

»Gut«, sagte Anastasias Vater, »deine Erlebnisse im Model-Institut mögen ja ganz interessant sein, aber ich würde auch gerne erfahren, wie das Interview mit Barbara Page verlief.«

»Können wir nicht zuerst essen? Ich verhungere! Außerdem ist es ziemlich kompliziert. Aber Barbara Page ist eine tolle Frau, Papa. Ich glaube, sie gehört zu den nettesten Leuten, die ich je getroffen habe. Sie ist ... hm, wie nennt man jemanden, der zu allen nett ist, es jedem recht machen will und Sachen verschenkt, nur damit die anderen glücklich sind?«

»Großzügig«, schlug Mrs Krupnik vor.

»Dummkopf?«, meinte Dr. Krupnik.

»Nö«, rief Sam. »Ich weiß, wie man so jemanden nennt. Im Kindergarten haben wir ein Märchen vorgelesen bekommen. Es hieß: ›Die Frau mit dem Herz aus Gold‹.«

Anastasia starrte Sam verblüfft an und nickte. »Richtig!«, rief sie. »So hätte Barbara Page ihre Buchhandlung nennen sollen.«

»Erzähl mir alles ganz genau. Ich möchte jedes Detail wissen. Sag mal, was gab es bei euch heute zum Nachtisch?«, fragte eine gespannte Sonya Isaacson am Telefon.

Anastasia kicherte. »Zitronenkuchen. Mit Zuckerguss obendrauf. Sam hat gerade seinen Ski-Tick und bat Mama einen Nachtisch zu machen, der wie Schnee aussieht. Zuerst wollte sie einen Kuchen mit der Form von Alaska backen, aber das war dann doch zu kompliziert. Deshalb war der Kuchen rund. Warum fragst du?«

Sonya seufzte. »Meine Eltern haben mich bei einem Diätkurs angemeldet. Ich muss die ganze Woche lang jeden Tag zu den Treffen. Tolle Ferien, hm? Ich muss mich jeden Tag wiegen und alles aufschreiben, was ich esse, aber das ist kein Problem, weil ich sowieso nur winzig kleine Portionen von allem zu essen kriege. Soll ich dir verraten, was ich heute als Nachtisch hatte? Einen halben Apfel! Also, schieß los!«

»Okay, also ich nahm den Bus und kam um Viertel nach neun an und . . .«

»Moment, ich meine doch nicht das Model-Institut. Das will ich natürlich auch wissen, aber erst danach. Zuerst musst du mir ganz genau erzählen, wie euer Zitronenkuchen geschmeckt hat, jedes Detail.«

Anastasia saß auf ihrem Bett und kämmte sich. Sie hatte ihren Schlafanzug schon an. »Frank«, sagte sie zu ihrem Goldfisch, »morgen haben wir Frisurentag im Model-Institut.«

Frank sagte schweigend »oh«.

»Wenn du dir eine Frau aussuchen dürftest, Frank, würdest du lieber eine mit kurzen oder eine mit langen Haaren haben?«

Frank starrte sie nur an.

»Lockig oder glatt?«, fragte Anastasia, während sie ihre lange Mähne mit der Bürste bearbeitete.

Frank starrte sie weiter an und schnippte mit der Schwanzflosse.

»Stehst du auf den Punkerstil? Aber färben möchte ich meine Haare nicht. Neulich sah ich ein Mädchen mit orange gefärbten Haaren. Es sah echt scheußlich aus.«

Fragend blickte sie auf Frank, doch der blickte nur traurig zurück. »Oh, entschuldige, Frank«, sagte sie betroffen. »Ich hatte ganz vergessen, dass du auch orangefarben bist. Aber weißt du, für einen Goldfisch ist Orange okay.«

Zufrieden schnippte Frank mit seiner Schwanzflosse.

»Übrigens, Frank«, fuhr Anastasia fort, »wenn du ein verheirateter Goldfisch wärst, würdest du deine Frau bei der Verwirklichung ihrer beruflichen Pläne finanziell unterstützen? Mein Vater meinte, ich würde mich sicher wohler fühlen, wenn ich unabhängig bin und finanziell erfolgreich, und er sagte, dass es keinen Grund gibt, warum ich keine erfolgreiche Buchhändlerin werden sollte, und dann sagte er noch, dass er mich vielleicht zur falschen Buchhändlerin geschickt hat, obwohl Barbara Page natürlich eine sehr nette Frau ist ...«

Anastasia warf einen prüfenden Blick auf das Goldfischglas.

»Frank!«, rief sie empört. »Du hörst mir gar nicht zu.«

Frank formte den Mund zu einem sehr großen »Oooooh«. »Wenn er sprechen könnte«, dachte Anastasia, »würde er bestimmt klar und deutlich reden. Und er würde einem auch direkt in die Augen schauen.« Eines musste man dem guten, alten Frank lassen: Selbstsicher war er.

Anastasia Krupnik

Mein Berufswunsch

Ein reicher Ehemann ist keine absolute Not-
wendigkeit für eine Buchhändlerin.
Aber wenn man keinen reichen Ehemann hat,
sollte man zumindest kein Herz aus Gold haben. Wie eine der von mir befragten Personen*
sagte, muss man ein Herz aus Stahl haben.
Wenn Leute Bücher mit Kaffeeflecken zurückgeben wollen, muss man Nein sagen können
und man muss auch jemandem ein Buch verkaufen können, der schlecht sieht und vielleicht
lieber eine Musikkassette hätte, und man darf
auch nicht jede Woche den Seniorenverein
bewirten. Allerdings sollte man schon bereit
sein, Wein und Käsewürfel für siebenundvierzig Leute zu servieren, die gekommen sind, um
einen mittelmäßig bekannten Dichter zu sehen.

* Dr. Myron Krupnik, mittelmäßig bekannter
  Dichter

Sieben

Ihr braucht eure Mäntel gar nicht erst auszuziehen, Kinder«, begrüßte Tante Vera die fünf Kursteilnehmer, als diese am Dienstagmorgen im *Studio Charmante* eintrafen. »Für unseren Haarstyling-Tag gehen wir außer Haus, gleich gegenüber.«

»Gleich gegenüber ist ein China-Restaurant«, murmelte Henry Peabody Anastasia ins Ohr. »Wenn die vorhaben sollten aus meinen Haaren Wan-Tan-Suppe zu machen, werden sie ihr blaues Wunder erleben.«

»Ich benutze immer Schaumfestiger«, verkündete Bambie Browne für alle hörbar. »Das gibt den Haaren Spannkraft und Volumen.«

»Aha, deshalb benutzen sie ihn auch im Pudelsalon«, sagte Henry scheinheilig, woraufhin Bambie sie nur wütend anfunkelte.

Helen Margaret schaute kurz unter ihren langen, dichten Ponyfransen hervor und schwieg.

»Ich bleibe hier und halte die Stellung am Telefon«, verkündete Onkel Charley und ließ seine wuchtige Gestalt auf den Schreibtischstuhl fallen. Am Vortag hatte das Telefon kein einziges Mal geläutet. Doch Anastasia hatte volles Verständnis dafür,

92

dass Onkel Charley nicht mit zum Haarstylen gehen wollte. Der Ärmste hatte kein einziges Haar auf dem Kopf, er war vollkommen kahl.

Tante Vera warf sich einen abgetragen aussehenden Kunstpelzmantel um die Schultern und führte die kleine Truppe die Treppe hinunter. Zusammen mit den vier Mädchen überquerte sie die Straße, während Robert Giannini mit seiner unvermeidlichen Aktentasche die Nachhut bildete. Sie schritten durch die Tür neben dem Eingang zum China-Restaurant, gingen eine Treppe hinauf und betraten einen Friseursalon.

Im Inneren sah es nicht viel anders aus als im *Studio Charmante:* dieselben Neonröhren, derselbe schäbige Linoleumfußboden. Allerdings waren die Wände pinkfarben gestrichen und überall hingen Poster mit wunderschönen Fotomodellen, die ganz unterschiedlich frisiert waren. An einer Wand befanden sich mehrere Waschbecken nebeneinander. Davor standen jeweils ein Friseurstuhl aus Plastik und ein riesiger Haartrockner.

Natürlich waren auch Friseurinnen da: drei alte Damen in pinkfarbenen Plastikkitteln. Sie sahen aus wie Drillinge: grauhaarige Drillinge.

Anastasia erinnerte sich irgendwo mal gelesen zu haben, dass alte Elefanten zum Sterben immer an einen bestimmten Platz gingen. Wenn sie ihr Ende nahen fühlten, marschierten die Elefanten hunderte von Kilometern über die afrikanische Steppe, um an diesem bestimmten Geheimplatz sterben zu können.

Nie zuvor war ihr in den Sinn gekommen, dass es vielleicht auch einen Geheimplatz für in die Jahre gekommene Friseurinnen geben könnte, einen Geheimplatz über einem China-Restaurant in Boston. Sie stellte sich vor, dass diese Frauen in weit entfernten Städten gewohnt hatten – in Chicago oder Los Angeles oder New Orleans – und mit einem Mal gespürt hatten, dass ihre Zeit gekommen war. Rasch hatten sie ihre Plastik-Lockenwickler und ihre Rundbürsten zusammengepackt und sich auf die lange und letzte Reise durch das ganze Land gemacht, um an den Ort zu gelangen, an dem alte Friseurinnen auf ihr letztes Stündchen warteten.

Nervös griff Anastasia nach ihrer Wollmütze. Es kostete sie einige Überwindung, sie abzunehmen.

»Okay«, sagte Tante Vera fröhlich. »Hängt eure Mäntel und Jacken auf. Helen Margaret, Bambie und Robert – ihr kommt zuerst an die Reihe. Henry und Anastasia, setzt euch solange drüben an den Tisch.«

Mit einer gewissen Befriedigung registrierte Anastasia, dass Robert und Bambie genauso nervös schienen wie sie selbst. Helen Margaret war sowieso die ganze Zeit über nervös, weshalb sie kein bisschen anders war als sonst.

Anastasia beobachtete, wie Robert sich vorsichtig auf einem der pinkfarbenen Plastikstühle niederließ.

Seine Aktentasche legte er auf den Schoß und eine der alten Damen bedeckte sie – und mit ihr den größten Teil von Robert – mit einem Plastikumhang, den sie ihm wie ein Lätzchen im Nacken zuknotete. Sie nahm ihm seine Brille ab und legte sie vorsichtig neben das Waschbecken.

»Ich nehme an, Sie werden mir Koteletten schneiden wollen«, sagte Robert mit lauter, erschrockener Stimme, »aber Sie werden feststellen, dass meine Koteletten noch nicht sehr dicht sind, weil mein Bartwuchs generell noch etwas spärlich ist und . . .«

Er verstummte mitten im Satz, weil die alte Dame plötzlich mit einer erstaunlichen Gewandtheit einen Hebel betätigt hatte, wodurch die Rückenlehne seines Stuhls nach hinten sauste. So befand sich der arme Robert plötzlich in der Horizontalen; seine Füße in den altmodischen Schnürstiefeln ragten in die Luft und sein Kopf befand sich dicht über dem Waschbecken. Ohne ein Wort zu sagen drehte die alte Dame das Wasser an und bespritzte Roberts Kopf mit einem Gummischlauch.

»Schau dir das an«, sagte Henry Peabody kichernd. »Sie ertränkt ihn mitsamt seiner spärlichen Gesichtsbehaarung.«

Die arme Helen Margaret hatte ein ähnliches Schicksal ereilt; auch sie lag bereits in der Waagrechten unter einem Wasserschlauch.

Bambie hingegen wehrte sich mannhaft mit Gesten und einem Wortschwall. »Moment mal, bitte«, rief sie eifrig. »Ich möchte sichergehen, dass Sie wissen, dass meine Haarfarbe echt ist – ich bin wirklich rothaarig.« Mit einer schwungvollen Armbewegung deutete sie auf ihren Kopf. »Dieses Rot wurde über Generationen hinweg in meiner Familie vererbt. Meine Locken hingegen verdanke ich speziellen Wicklern, die meine Mutter extra bestellt aus Kalifornien . . .«

Doch dann wurde auch Bambie mitten im Satz nach hinten gekippt und verschwand mitsamt ihren speziell gewickelten Locken im Waschbecken.

Anastasia und Henry beobachteten, wie Tante Vera von einem zum anderen ging und in Augenschein nahm, wie Robert und Bambie den Kopf gewaschen bekamen. Danach stellte sie sich neben die alte Dame, die Helen Margaret in Arbeit hatte.

»Diese hier hat ein enormes Potenzial«, hörte Anastasia Tante Vera zu der alten Dame sagen, die Helen Margarets Haare einschamponierte. »Ich möchte dabei sein, wenn Sie mit dem Schneiden beginnen.«

»Potenzial?«, murmelte Henry überrascht. »Potenzial zu was? Zur Miss Nervosität?«

»Pssst«, flüsterte Anastasia kichernd zurück und boxte Henry in die Seite. »Schau dir Robert an!«

Robert Giannini war inzwischen wieder in die Senkrechte befördert worden und hatte ein Handtuch wie einen Turban um den Kopf geschlungen. Ohne seine Brille und mit diesem Turban sah Robert völlig verändert aus. Er sah aus wie . . . hm, dachte Anastasia, er sah fast romantisch aus. Er erinnerte sie an einen alten Film, Lawrence von Arabien, mit Peter O'Toole in der Hauptrolle. Richtig, so sah Robert aus, genau wie Robert von Arabien.

Doch nachdem sie ihm die Haare gerubbelt hatte, nahm die alte Dame ihm den Turban wieder ab und gab ihm seine Brille zurück. Robert setzte sie auf und schaute sich um. Seine feuchten Haare standen wie Stacheln in alle Richtungen ab. Das sah kein bisschen mehr romantisch aus. Er sah wieder richtig gianninihaft aus, nur noch schlimmer.

Außerdem war es fast peinlich, einen Jungen mit nassen Haaren zu sehen, wie Anastasia feststellte. Im Schwimmbad mochte es ja noch angehen. Aber in einem Raum mit pinkfarbenen Wänden wirkte es komisch, vor allem, weil es sich um Robert Giannini handelte. Anastasia schaute rasch weg, als die alte Dame Robert zu einem anderen Stuhl führte.

Henry hatte begonnen eine alte Ausgabe von VOGUE durchzublättern. »Schau«, sagte sie und deutete auf das Bild einer groß gewachsenen, eleganten Schwarzen, die ein gelbes Abendkleid aus Chiffon trug. »Glaubst du, ich könnte auch so ein tolles Model werden?«

Aufmerksam betrachtete Anastasia das Foto. Dann

studierte sie Henry Peabody. Henrys Haare erinnerten sie an die Stahlbürste, mit der ihre Mutter immer die Töpfe und Pfannen schrubbte. Henry hatte versucht ihre wirre Mähne mit grünen Spangen in Schmetterlingsform zu bändigen. Sie trug ein viel zu weites Sweatshirt, Jeans und schmuddelige Turnschuhe. Aber sie hatte ein schmales Gesicht, große Augen und ein wunderschönes Lächeln. Und sie war sehr groß – noch größer als Anastasia.

»Ja«, sagte Anastasia nach gründlicher Betrachtung. »Ich glaube, das könntest du.«

»Stell dir mal vor, ich käme heute Abend in so einem Kleid nach Hause«, sagte Henry lachend. »Meine Mutter bekäme einen Herzinfarkt. Mann, dann kann ich gleich den Notruf wählen, damit ein Krankenwagen meine Mutter abholen kommt.«

»Wo wohnst du eigentlich?«

»In Dorchester. Dauert nur zwanzig Minuten mit der T.«

Die T war die Bostoner U-Bahn. Anastasia nickte. »Ich fahre mit dem Bus«, erklärte sie. »Aber Robert fährt bestimmt auch mit der T. Er wohnt in Cambridge. Früher – also vor Urzeiten – waren wir fast Nachbarn.«

Sie warf einen Blick auf ihren früheren Fast-Nachbarn und riss erstaunt die Augen auf. »Schau!«, sagte sie zu Henry.

Robert hatte zwar noch immer seinen Plastikumhang um, aber er sah anders aus. Sein Lockenschopf war in Form geschnitten worden und sah jetzt viel eleganter aus. Unverwandt starrte er sein Spiegelbild an, während sich die alte Dame mit einem Elektrorasierer in seinem Nacken zu schaffen machte.

Neben ihm redete Bambie aufgeregt auf die Frau ein, die ihr die Haare schnitt. »Ich hätte meinen Schaumfestiger mitbringen sollen«, sagte sie gerade. »Haben Sie Schaumfestiger da? Ich brauche welchen, damit mein Haar Volumen und Spannkraft bekommt.«

»Halt den Kopf still«, befahl die alte Dame, »sonst landet meine Schere versehentlich in deiner Halsschlagader.«

Tante Vera stand derweil neben dem dritten Stuhl und verfolgte aufmerksam, wie die Dritte des Trios Helen Margarets dunkle Haare schnitt. »Die Ohren sind bezaubernd«, sagte Tante Vera gerade. »Ich lege Wert darauf, dass Sie es so schneiden, dass die Ohren frei liegen.«

Bezaubernde Ohren? Nie im Leben hatte Anastasia die Möglichkeit ins Auge gefasst, dass Ohren bezaubernd sein könnten. Ohren brauchte man einfach und basta. Ohne Ohren konnte man nicht hören. Aber dass sie eventuell auch einen reizvollen Anblick bieten könnten, daran hatte sie bislang keinen Gedanken verschwendet.

Doch nun, als sie genauer hinschaute, konnte sie

erkennen, dass Helen Margaret kleine, perfekt geformte Ohren hatte. Bisher waren sie immer unter dem Dickicht der dunklen Haare verborgen gewesen, genau wie auch die Stirn und fast das ganze Gesicht.

Die langen, dichten Ponyfransen waren inzwischen verschwunden. Stattdessen zierte eine glatte, gerade geschnittene Haarkante oberhalb der Augenbrauen die Stirn. Der Rest der noch feuchten Haare war nach hinten gekämmt und die Friseurin schnippte mit ihrer glänzenden Schere daran herum. Zum ersten Mal konnte Anastasia Helen Margarets Gesicht sehen. Sie sah eine bleiche, fast durchscheinende Haut und ein Paar tiefblauer, von langen Wimpern umgebener Augen, die immer wieder scheu zum Spiegel huschten, während die Friseurin die Haare bearbeitete.

Helen Margaret war wunderschön, wie Anastasia verblüfft feststellte. Sie stieß Henry in die Seite und flüsterte ihr zu: »Schau nur, Helen Margaret ist wunderschön.«

Henry blickte von der Zeitschrift auf, in der sie noch immer das Bild des schwarzen Fotomodells in dem gelben Kleid studierte.

Sie warf einen Blick auf Helen Margaret. »Ver...«, begann sie und verstummte dann andächtig. Nach einer Weile flüsterte sie: »Bildschön. Sie sieht aus wie ein Gemälde im Museum.«

»Junge, Junge«, fuhr sie beeindruckt fort, »die wird es weiter bringen als bis zur Miss Schneeflöckchen. Unsere ruhige, schüchterne Helen Margaret, die könnte glatt Miss World werden.«

Nachdem seine neue Frisur geföhnt worden war, widmete Robert sich der Lektüre des GEO-Magazins. Bambie, deren rote Haare auf mindestens tausend Lockenwickler gedreht worden waren, saß unter einer der riesigen Trockenhauben. Helen Margarets Haare waren auch schon trocken. Mit ihrem neuen, glänzenden Pagenkopf saß sie schweigend in einer Ecke, blickte wie üblich auf den Boden und zupfte nervös an den langen Ärmeln ihres dunkelbraunen Sweaters herum. Doch Anastasia entging es nicht, dass Helen Margaret ab und zu aufblickte und verwundert und ungläubig in den großen Spiegel auf der anderen Seite des Raums schaute.

Nun durften Anastasia und Henry auf den Plastikstühlen Platz nehmen. Ihnen wurde ein Plastikumhang umgehängt, sie kamen in die Waagrechte und in Windeseile waren ihre Haare gewaschen. Wenig später saßen sie wieder aufrecht. Nun ging es ans Haareschneiden.

»Haben Sie je zuvor die Haare einer Schwarzen geschnitten?«, erkundigte sich Henry misstrauisch bei der alten Lady.

»Schwarz, grün, violett, für mich ist das alles dasselbe«, antwortete die Frau. »Vera, was schwebt Ihnen in diesem Falle vor?«

Tante Vera eilte herbei. Anastasia verspürte einen kleinen Stich von Eifersucht. Sie wünschte sich, Tante Vera würde sich auch um sie kümmern und ihr das Gefühl geben, etwas Besonderes zu sein. Doch Tante Vera hatte nur kurz neben ihrem Stuhl gestanden und gesagt: »Hier nur Ausdünnen und in Form schneiden. Ohren bedeckt lassen.«

Mist! Anastasia hatte gehofft ebenfalls bezaubernde Ohren zu haben.

Nun nahm Tante Vera Henrys Gesicht in beide Hände und drehte es von einer auf die andere Seite. »Meine liebe Henry«, sagte sie dann vorsichtig, »hast du Mut? Willst du etwas ganz Besonderes wagen, etwas absolut Spektakuläres?«

Henry grinste. Ihre Augen funkelten amüsiert. »Aber immer!«, antwortete sie. »Mein armes Mütterlein. Die Stunde ihres Herzinfarkts naht.«

Tante Vera nickte erfreut. »Alles ab!«, erklärte sie der alten Lady, die bereits mit gezückter Schere dastand.

Anastasia Krupnik

Mein Berufswunsch

Man muss etliche traumatische Momente durchleben, ehe man das nötige selbstsichere Auftreten und das Aussehen hat, das für eine erfolgreiche Buchhändlerin unerlässlich ist. Zuerst muss man lernen den Leuten direkt in die Augen zu schauen und laut und deutlich zu sprechen. Diese Fähigkeiten sind von großem Nutzen, wenn eine Kundin kommt und ein Buch zurückgeben will, auf dem Kaffeeflecken sind. Dann muss man ihr direkt in die Augen schauen und laut und deutlich sagen: »Auf diesem Buch sind Kaffeeflecken, Sie Zicke. Glauben Sie etwa im Ernst, ich gebe Ihnen das Geld zurück?«

Als Nächstes muss man sich einen Haarschnitt zulegen, mit dem man ganz anders und besser aussieht als zuvor. Wenn jemand ein Buch kaufen will, das meinetwegen 35 Dollar kostet, überlegt er es sich vielleicht doch noch anders, wenn die Buchhändlerin eine lange, ungepflegte Frisur hat. Und auch wenn man sich zuvor mit seinen langen, ungepflegten Haaren wohl gefühlt hat, muss man sie ausdünnen und in Form schneiden lassen.

Acht

O kay, Leute«, verkündete Anastasia an diesem Abend, als sie nach Hause kam. »Setzt euch bitte alle in eine Reihe, dort, auf der Couch. Mach die Stehlampe an, Mama. Die Beleuchtung muss stimmen.«

Mrs Krupnik streckte den Arm aus und drückte auf den Lichtschalter. Dann nahm sie ihre Tochter in Augenschein. »Sag mal, trägst du Rouge?«, fragte sie misstrauisch. »Deine Wangen kommen mir so rot vor. Entweder hast du Rouge aufgetragen oder du hast Fieber.«

»Warum ziehst du die Mütze nicht aus?«, wollte Sam wissen. »Man muss die Mütze ausziehen, wenn man heimkommt.«

Dr. Krupnik blickte auf seine Uhr. »Wie lange müssen wir hier sitzen, Anastasia?«, fragte er. »Ich möchte die Sportnachrichten ·nicht verpassen. Gestern haben die Celtics gewonnen.«

Anastasia blickte ihn strafend an. »Was ist wichtiger, Papa?«, fragte sie. »Die Bostoner Celtics oder das Aussehen deiner leiblichen, dreizehnjährigen Tochter?«

Ihr Vater öffnete den Mund, um ihr eine Antwort zu geben.

»Nein, sag lieber nichts«, sagte Anastasia hastig, weil sie seine Begeisterung für die Celtics kannte.

Sie wartete, bis alle drei – ihre Mutter, ihr Vater und ihr Bruder – es sich auf der Couch bequem gemacht hatten. Dann griff sie an ihre Wollmütze.

»Ta-DA!«, rief sie triumphierend und riss sich die Mütze vom Kopf.

Sam klatschte in die Hände und grinste von einem Ohr zum anderen. Ihre Mutter riss die Augen auf.

»Junge, Junge«, sagte Dr. Krupnik. »Du siehst aus wie einer der Beatles vor langer Zeit, als sie noch jung waren!«

»Paaapa!«, rief Anastasia gequält aus.

»Ich liebte die Beatles damals, vor über dreißig Jahren«, fügte ihr Vater schnell hinzu. »Ich sah sie das erste Mal in der *Ed-Sullivan-Show* im Fernsehen. Ich fand, sie sahen toll aus. Und du tust es auch, Anastasia.«

»Stimmt«, bestätigte ihre Mutter. »Deine Frisur ist wunderschön. Ich frage mich, warum ich nie auf die Idee gekommen bin, dass dir kurze Haare stehen. Du meine Güte, du siehst . . .«

». . . älter aus?«, fragte Anastasia hoffnungsvoll.

»Ja, definitiv älter.«

»Und hübscher?« Anastasia strich sich behutsam über ihre neue Frisur.

Ihre Mutter nickte. »Hübscher. Allerdings fand ich dich schon immer hübsch.«

»Ich auch«, sagte Sam. »Ich war auch schon immer hübsch, stimmt's? Ich habe so schöne Locken.«

Anastasia überhörte die Bemerkung ihres kleinen Bruders, der sich zufrieden über seinen Wuschelkopf strich. »Ich hatte gedacht, sie würden mir eine Dauerwelle verpassen, Mama«, erklärte sie. »Ich hatte mich mental voll auf Locken eingestellt. Aber Tante Vera – das ist unsere Kursleiterin – hat erkannt, dass ich nicht der Typ für Locken bin. Und sie hatte Recht, nicht wahr, Mama? Siehst du, wie schön glatt meine Haare sind? Ich finde, es sieht pfiffig und zugleich elegant aus.«

»Stimmt«, bestätigte ihre Mutter. »Es gefällt mir, wie deine Haare fallen.«

»Bitte«, sagte Dr. Krupnik gequält, »dürfte ich mir jetzt endlich die Sportnachrichten anschauen?«

Während des Abendessens schilderte Anastasia den Friseurbesuch in allen Einzelheiten.

»Wisst ihr, diese Bambie, die mit dem ›e‹ am Ende: Sie kam mit roten Locken an und zog mit roten Locken wieder von dannen. Sie sah hinterher kein bisschen anders aus als vorher. Aber ich, schaut, wie ich mich verändert habe!«

Alle nickten. »Haben wir noch Kaffee?«, fragte Anastasias Vater. »Ich muss heute Abend noch endlos viele Arbeiten korrigieren, deshalb kann ich mir ruhig noch etwas Koffein gönnen.«

»Musst du wirklich den ganzen Abend arbeiten?«, fragte Mrs Krupnik, während sie ihm die Kaffeekanne gab. »Ich hatte gehofft, wir könnten zusammen *Kulturzeit* anschauen. Es geht heute um das Thema Kreativität.«

»Und wisst ihr, Robert, der doofe Robert Giannini? Er war schrecklich nervös, weil seine Gesichtsbehaarung noch zu wünschen übrig lässt. Er sah richtig lächerlich aus, als sein Kopf einschamponiert wurde, weil man da einen großen Plastiklatz umgehängt bekam, und dann lag er da und seine Beine ragten in die Luft und . . .«

»Entschuldigt mich bitte.« Ihr Vater erhob sich. »Es klingt wirklich hochinteressant, Anastasia. Aber ich muss mich jetzt wirklich an die Arbeit machen. Ich werde versuchen für *Kulturzeit* ein Stündchen Pause zu machen, Katherine.« Und schon eilte er mit der Kaffeetasse in der Hand in sein Arbeitszimmer.

»Dann war da noch Helen Margaret. Mama, stell dir vor, weil sie ihre Haare immer ins Gesicht hängen hatte, konnte man gar nicht sehen, wie sie aussieht. Ich meine, sie hätte das ganze Gesicht voller Pickel haben können und niemand hätte es bemerkt! Aber sie hat keine Pickel! Ihr wurden die Haare richtig kurz geschnitten und plötzlich sah sie aus wie . . . hm, mal überlegen, vielleicht wie Isabella Rossellini. Sie ist unheimlich schön. Sie schaut zwar noch im-

mer ständig auf den Boden und sagt kein Wort, aber
man merkt trotzdem, dass ihr ihr neues Aussehen
gefällt, Mama. Ich habe gesehen, wie sie etliche Male heimlich in den Spiegel geschaut und gelächelt
hat . . .«

»Ich muss mich auch entschuldigen«, ließ sich
Sam plötzlich vernehmen und hüpfte von seinem
Stuhl. »Ich will mit meinen Lastern spielen.«

Seine Mutter nickte ihm verständnisvoll zu.

»Und jetzt kommt das Tollste, Mama. Ich hab dir
doch gestern von meiner neuen Freundin erzählt –
Henry.«

»Ist es Rouge, Anastasia? Sag die Wahrheit!« Ihre
Mutter blickte sie prüfend an.

»Na ja, nur ein bisschen. Heute Nachmittag haben
wir uns geschminkt. Alle außer Robert und Bambie.
Hab ich das schon erzählt?«, sagte Anastasia prus-
tend. »Robert und Bambie mussten in ein anderes
Zimmer – zur Ernährungsberatung. Klar, Robert war
sowieso nicht an Make-up interessiert. Er ist zwar ein
Blödmann, aber doch kein so großer, als dass er sich
schminken würde. Aber, Mama, die Schlanken von
uns – ich und Helen Margaret und Henry –, wir hatten einen Make-up-Kurs, und die anderen – Robert
und Bambie – mussten sich einen Vortrag über die
richtige Ernährung anhören. Und das ausgerechnet
von Onkel Charley, dem dicksten Mann, den man
sich vorstellen kann!«

»Meiner Meinung nach sieht es viel zu pink aus, Anastasia. So kannst du nicht zur Schule gehen.«

Schule? An die Schule hatte Anastasia seit letztem Freitag keine Sekunde mehr gedacht. Warum mussten Mütter immer so unangenehme Sachen wie die Schule erwähnen?

»Darf ich weitererzählen? Vergiss das dumme Rouge. Ich verspreche, ich werde so nicht zur Schule gehen. Aber ich will dir noch von meiner Freundin Henry erzählen.«

Ihre Mutter begann den Tisch abzuräumen. »Hilfst du mir beim Spülen? Dabei kannst du mir alles über Henry erzählen.«

»Das ist wieder einmal typisch«, dachte Anastasia. »Versuch deinen Eltern die interessanteste Neuigkeit der Welt zu erzählen und sie fragen dich, ob du ihnen währenddessen beim Spülen hilfst.« Widerwillig stapelte sie die vier leeren Teller aufeinander und folgte ihrer Mutter in die Küche, während sie voller Eifer von Henry Peabody erzählte. Was mit Henry Peabody am heutigen Tag passiert war, war Anastasias Meinung nach die interessanteste Sache der Welt.

Zuallererst hatte die alte Lady Tante Veras Anweisungen befolgt und alles abgeschnitten. Henrys Haare wohlgemerkt. Sie fing damit an, die grünen Schmetterlings-Spangen herauszunehmen. Sie landeten achtlos auf dem tristen Linoleumboden.

»Hey, ein bisschen mehr Rücksicht, wenn ich bitten darf«, rief Henry aufgebracht. »Man wirft anderer Leute Sachen nicht einfach auf den Boden.«

»Schätzchen«, sagte Tante Vera nachsichtig, »deine Schmetterlinge begeben sich jetzt in ihren ewigen Winterschlaf.«

Dann setzte die alte Friseurin die Schere an. Sie machte nicht *Schnipp-schnipp-schnipp* wie bei Helen Margaret, sondern *Zack-zack-zack*. Henry Peabodys lange, störrische Strähnen fielen so rasch zu Boden, dass in Windeseile alle Schmetterlinge zugedeckt waren.

Innerhalb weniger Minuten – Anastasia beobachtete aus den Augenwinkeln heraus ganz genau, was nebenan passierte, denn es war wesentlich interessanter als das, was ihr eigenes Spiegelbild zu bieten hatte – war Henrys Mähne so weit gestutzt, dass nur noch eine Art gekräuselter Heiligenschein ihren Kopf umgab.

Sie sah, wie Henry abschätzig ihr Spiegelbild betrachtete. »Sie sagten etwas von wegen spektakulär«, bellte Henry, »aber das ist nichts Spektakuläres. Es ist einfach nur hässlich!«

»Vertrau uns, Schätzchen«, versicherte ihr Tante Vera. »Das ist nur Schritt eins.« Sie griff nach Henrys Kinn und kippte den Kopf in alle Richtungen. »Ein absolut formschöner Kopf«, verkündete sie laut. »Nehmen Sie alles ab bis auf die Konturen«, wies sie die alte Dame an. »Die Kopfform muss erkennbar sein.«

Anastasia starrte missbilligend auf ihr eigenes Spiegelbild. Ihr Haarschnitt ging äußerst schleppend vor sich; die Friseurin kürzte sorgfältig jede Strähne einzeln. Anastasia erkannte, dass es ganz okay aussehen würde. Aber Tante Vera hatte Helen Margarets Ohren toll gefunden. Und nun hatte sie Henrys Kopfform gelobt.

Anastasia wünschte sich – nein, mehr als das, sie sehnte sich danach –, dass Tante Vera auch bei ihr etwas absolut Herausragendes feststellen würde. Neulich im Schulunterricht hatten sie über Superlative gesprochen. Die meisten Superlative endeten mit ».. .ste«, zum Beispiel das Schönste, das Tollste.

Anastasia wünschte sich, Tante Vera würde so etwas sagen wie .. . sie habe den bezauberndsten Mund oder die schönsten Haare der Welt.

Aber das tat sie nicht. Sie hatte für Helen Margaret einen Superlativ gefunden und auch für Henry.

»Sie hat die tollste Kopfform, die mir seit langem unter die Augen gekommen ist«, sagte Tante Vera nun, während die Friseurin einen elektrischen Apparat in die Hand nahm und einschaltete. *Tsss-tsss* machte er auf Henrys Kopf.

»Wenn ich einen Stromschlag bekomme, bringe ich Sie um«, verkündete Henry. Aber sie blickte nicht mehr finster drein, sondern betrachtete hingerissen ihr Spiegelbild.

Und Henrys neue Frisur war fertig, noch ehe Anastasias Friseurin sich bis zu Anastasias linkem Ohr durchgearbeitet hatte. Henrys Haare waren alle auf dem Boden gelandet und nur noch eine dichte, schwarze Pelzmütze umgab ihren Kopf. Wie aus dem Nichts erschien plötzlich die dritte Friseurin mit einem Besen in der Hand und kehrte Henrys frühere Haarpracht zusammen.

»Willst du diese Spangen mit nach Hause nehmen?«, fragte sie.

Zuerst gab Henry keine Antwort. Wie hypnotisiert starrte sie ihr Spiegelbild an und drehte ihren Kopf von einer auf die andere Seite. Ihre braunen Ohren mit je einem kleinen goldenen Ohrring lagen perfekt an ihrem ovalen Gesicht an. Ihre elegant geschwungenen Jochbeine traten hervor. Langsam überzog ein Lächeln ihr Gesicht, ihre Mundwinkel gingen nach oben. Dann wurde ihr Lächeln noch breiter, fast gegen ihren Willen, und schließlich kamen die ebenmäßigen, weißen Zähne zum Vorschein, als Henry glücklich und zufrieden strahlte.

Sie schaute auf die alte Friseurin mit der Kehrschaufel. Sie schaute auf die vier grünen Schmetterlingsspangen inmitten der Haarbüschel.

»Werfen Sie sie weg«, meinte sie dann abschätzig.

»Ich tat mir echt Leid«, erklärte Anastasia ihrer Mutter, nachdem sie ihr Henrys neue Frisur beschrieben hatte, »denn obwohl ich sehen konnte, dass meine eigene Frisur ganz okay aussehen würde und ich insgesamt natürlich auch – irgendwie erwachsener und hübscher –, war mir klar, dass ich nicht wunderschön aussehen würde. Ich hatte richtig Mitleid mit mir, weil . . .«

Ihre Mutter unterbrach sie. »Du bist wunderschön, Anastasia, auf deine Art«, sagte sie.

»Nein, Mama. Okay, ich sehe nicht schlecht aus. Ich will mich auch nicht beklagen. Aber blicken wir den Fakten ins Auge: Atemberaubend schön bin ich nicht. Wir Krupniks sind eben nur nette, normal aussehende Menschen. Ich hatte gehofft, dass bei mir irgendein Wunder geschähe, mit den kurzen Haaren, aber das war nicht der Fall. Dafür aber umso mehr bei Henry. Als ich Henrys wunderbare Verwandlung sah, war mein Selbstmitleid wie weggeblasen. Denn sie will tatsächlich Model werden, Mama, und sich so das Geld fürs College verdienen. Ich nicht. Ich gehe sowieso aufs College. Deshalb war so ein Wunder für Henry viel wichtiger als für mich. Und sie bekam es. Ist das nicht supertoll?«

Mrs Krupnik nickte. Sie wischte ihre Hände am Geschirrtuch ab und strich über Anastasias neue, glatte, kurze Haare. »Weißt du was, Anastasia?«, sagte sie. »Du bist ein ganz, ganz lieber Mensch.«

»Könnte man das mit einem Superlativ ausdrücken, Mama?«

Ihre Mutter überlegte. »Du bist der liebste Mensch, den ich kenne«, sagte sie. »Wie klingt das?«

Anastasia grinste. »Toll. Danke.« Sie hängte ihr Trockentuch auf. »Ich muss jetzt auf mein Zimmer und die Einleitung für meinen Aufsatz neu schreiben.«

»Mannomann«, fügte sie noch hinzu, »ich kann nur hoffen, dass ihre Mutter nicht wirklich einen Herzinfarkt bekam.«

Anastasia Krupnik

Mein Berufswunsch

Einige der nettesten Leute auf der Welt sind
Buchhändler.

Andere, extrem nette Leute sollten jedoch
lieber nicht Buchhändler werden, weil sie für
einen glamourösen Berufsweg geboren sind.
Leute mit einer großartigen Kopfform, hohen
Wangenknochen und schönen, weißen, ebenmäßigen Zähnen sollten nicht Buchhändler
werden, weil sie das Zeug zu einem erfolgreichen Fotomodell haben und ihr Bild auf die
Titelblätter der großen Illustrierten kommen
kann. Dadurch können sie so viel Geld verdienen, dass sie nebenbei aufs College gehen
können. Vielleicht können sie nach dem
College, wenn sie alt sind, dann doch noch
Buchhändler werden.

Allerdings neige ich stark zu der Annahme,
dass ich nicht zu diesen umwerfend gut aussehenden Leuten gehöre.

Neun

Das Telefon läutete, als Anastasias Eltern gerade die Sendung *Kulturzeit* anschauten.

»Hey! Ich habe deine Nummer aus dem Telefonbuch. Ihr seid die einzigen Krupniks weit und breit.«

Anastasia erkannte die Stimme sofort. »Hallo, Henry«, sagte sie. »Alles okay mit deiner Mutter? Ich hoffe, sie bekam keinen Herzinfarkt oder so.«

Henry lachte. »Nö, sie befahl mir nur das Rouge abzuwischen, das war alles.«

»Mütter sind so berechenbar!«, sagte Anastasia seufzend. »Ich wette, alle Mütter der Welt hassen Make-up bei ihren dreizehnjährigen Töchtern.«

»Vielleicht nicht alle«, räumte Henry ein. »Bambies Mutter kauft ihr das ganze Zeug bestimmt höchstpersönlich.«

»Ja, wahrscheinlich«, gab Anastasia lachend zu.

»Ich rufe an, weil ich dich fragen wollte, ob du morgen Abend Lust hast, bei uns zu essen. Wir könnten zusammen mit der T zu mir fahren und anschließend kann mein Vater dich nach Hause fahren. Er sagte, es mache ihm nichts aus.«

»Super Idee«, antwortete Anastasia. »Ich muss

allerdings erst meine Eltern fragen. Aber sie haben bestimmt nichts dagegen.«

»Wir sehen uns dann morgen früh. Wird bestimmt todlangweilig. Gehen und sprechen, du lieber Himmel! Jeder Roboter kann gehen und sprechen.«

»Wie wahr.« Für Mittwoch stand im *Studio Charmante* das Einüben von Körperhaltungen und klarer Aussprache auf dem Übungsplan. Das hörte sich tatsächlich nicht sehr aufregend an.

»Sollen wir über Mittag wieder zu McDonald's gehen wie heute?«

»Gern. Oh, halt! Ich hab etwas vergessen.«

»Was hast du vergessen? Du darfst doch essen. Du hast keine Diätvorschriften bekommen wie unsere beiden Dickerchen Robert und Bambie.«

»Ich weiß, aber ich hatte vergessen, dass ich für Mittwoch schon zum Essen verabredet bin. Aber weißt du was, Henry?«

»Was?«

»Ich wette, Mrs Page hätte nichts dagegen, wenn du mitkämst. Ich rufe sie gleich an.«

Nachdem Anastasia sich von Henry verabschiedet hatte, fragte sie ihre Eltern, ob sie am nächsten Tag mit zu den Peabodys dürfte. Dann wählte sie die Nummer der Buchhandlung PAGES.

»Natürlich! Ich freue mich!«, antwortete Barbara Page, nachdem Anastasia sich erkundigt hatte, ob

Henry am nächsten Tag mitkommen könnte. »Ich habe gern Besuch, wie du weißt.«

»Aber ich fürchte, sie wird sich kein Buch kaufen können«, erklärte Anastasia entschuldigend. »Sie will Model werden, damit sie Geld verdienen kann, um aufs College zu gehen, und deshalb . . .«

»Hey«, unterbrach Barbara Page sie lachend. »Ich sagte, ich habe gern Besuch. Ich sprach nicht von Kunden.«

»Wie meinst du das? Sie hat eine Autogrammstunde für deinen Vater organisiert? Ist er ein Rockstar?«

Anastasia schüttelte den Kopf. Sie und Henry gingen gerade durch den Stadtpark in Richtung Beacon Hill. »Nö, er ist nur College-Professor. Aber er schreibt auch Gedichte.«

»Richtige Gedichte? In Büchern? Nicht einfach solche Verse für den Geburtstag eines Onkels oder so?«

Anastasia nickte. »Nein, aber das tut er natürlich auch. Aber er schreibt auch richtige Gedichte. Und die erscheinen dann in Büchern.«

»Himmel«, sagte Henry. »Richtige Bücher? Und da steht dann sein Name drauf?«

»Klar, auf der Vorderseite. Und auf der Rückseite ist sein Bild.«

Henry sah tief beeindruckt aus. »Er ist also berühmt?«, sagte sie mit großen Augen.

Anastasia war diese Frage etwas peinlich. Für sie war ihr Vater nicht berühmt. Klar, ab und zu stand etwas über ihn in der *New York Times*. Einmal war er darin als »Meister der kontemporären Metaphern« bezeichnet worden – was immer das auch bedeuten mochte. Und bisweilen schrieben ihm wildfremde Menschen und baten um ein Autogramm. Deshalb war er wohl doch berühmt, zumindest ein bisschen.

»Ja«, sagte sie deshalb. »Ich glaube schon.«

»Ich habe noch nie im Leben die Tochter eines berühmten Mannes kennen gelernt«, meinte Henry beeindruckt.

Anastasia suchte nach einer passenden Antwort. »Und ich habe noch nie im Leben ein wirklich wunderschönes Mädchen kennen gelernt«, sagte sie schließlich. »Als ich dich vor zwei Tagen zum ersten Mal sah, ist mir gar nicht aufgefallen, wie wunderschön du bist. Aber schau dich jetzt an! Ist dir klar, Henry, dass in diesem Moment, während wir hier durch den Stadtpark gehen, alle dir nachstarren, weil du so wunderschön bist? Sogar Männer, keine Jungs!«

»Ja, ich weiß. Es ist komisch. Als ich gestern Abend mit der T nach Hause fuhr, starrten mich auch einige Typen an. Und Frauen. Das ist mir früher nie passiert.«

»Aber ist das nicht furchtbar nervig?«

Henry schüttelte den Kopf. »Nö, die können mich anstarren, solange sie wollen. Aber wehe, sie sagen etwas zu mir, dann bringe ich sie um.«

Auch Barbara Page riss die Augen auf, als die beiden Mädchen ihr Geschäft betraten. Sie machte auch noch große Augen, als Anastasia ihr Henry vorstellte.

»Anastasia«, rief sie aus, »deine neue Frisur ist fantastisch. Du musst mir unbedingt sagen, bei welchem Friseur du warst. Da muss ich auch hin.« Dann wandte sie sich an Henry. »Und du, Henry«, fuhr sie fort, »du siehst einfach umwerfend aus. Es gibt kein anderes Wort dafür.«

»Oh doch«, warf Anastasia ein. »Und gerade Sie als Buchhändlerin müssten das wissen. Es gibt jede Menge anderer Wörter dafür. Entzückend, bezaubernd, sensationell. Oder einfach nur wunderschön, verflixt noch mal.«

»Okay, okay«, sagte Barbara Page lachend. »Du hast ja Recht.«

»Wollen Sie sehen, was wir heute früh im Model-Institut gelernt haben?«, fragte Henry.

»Natürlich, zeig es mir!«

Henry ließ ihre Jacke auf einen Stuhl in der Ecke fallen. Dann stellte sie sich in Pose, holte tief Luft und schritt quer durch den Raum zu den Regalen auf der anderen Seite. Ihr Kinn war hoch erhoben, ihre Schultern waren nach hinten gereckt und ihre langen

Beine bewegten sich mit einer Grazie, die Anastasia noch nie zuvor bei einem Menschen gesehen hatte. Ihre Arme baumelten nicht einfach seitlich herunter wie bei anderen Menschen; nein, Henry Peabody schwenkte ihre Arme mit einer anmutigen Leichtigkeit. Auf der anderen Seite angekommen, drehte sie sich um, lächelte und stolzierte mit denselben gleitenden Schritten wieder zurück.

Dort angekommen, grinste sie schelmisch. »Na, wie war's?«, fragte sie. »Panther oder nicht?«

»Panther«, antwortete Anastasia. »Eindeutig.«

Tante Vera hatte ihnen im Kurs aufgetragen sich ein Tier vorzustellen. Nachdem sie aufgehört hatten herumzualbern und dumme Witze zu machen, weil ihnen das Ganze etwas dämlich vorkam, hatte es jeder versucht.

Bambie hatte sich für eine Bergziege entschieden. Bergziegen hätten, so erklärte Bambie selbstsicher, etwas Sicheres, Entschlossenes in ihrem Gang. Anschließend bergziegte sie mit ihren hüpfenden roten Locken durch den Raum. Nun ja . . .

Helen Margaret ließ wie üblich den Kopf hängen, während sie leise sagte: »Ich versuche es am besten mit einem Reh.« Dann ging sie schüchtern durch den Raum, während sie immer wieder besorgt zu Tante Vera schaute, um sich zu vergewissern, dass sie es richtig machte. Sie erinnerte einen tatsächlich an ein Reh, fand Anastasia, die an ein Reh dachte, das sie einmal am Waldrand gesehen hatte; Helen Margaret hatte denselben ängstlichen, scheuen Blick, machte dieselben vorsichtigen Schritte, war ähnlich wachsam.

Danach war Robert an der Reihe. »Gepard«, verkündete er und brachte alle zum Lachen, noch ehe er begonnen hatte. Es war völlig unmöglich, dass Robert Giannini auch nur eine entfernte Ähnlichkeit mit einem Gepard zur Schau stellen könnte. Er fing an durchs Zimmer zu stapfen. Tante Vera lächelte höflich, wenn auch etwas gequält, und Henry flüsterte Anastasia ins Ohr: »Nilpferd wäre passender.«

»Ich ... hm, ich versuche es als Löwin«, sagte Anastasia, als sie an die Reihe kam. Sie stellte sich vor, wie sie im afrikanischen Buschland auf der Jagd nach einem Beutetier war. Doch dabei stolperte sie über ihren Schnürsenkel und begann zu lachen. »Ich meinte Giraffe«, erklärte sie.

Henry, die als Letzte an die Reihe kam, hatte einfach nur »Panther« gesagt und war dann tatsächlich panthergleich und so majestätisch durch den Raum geglitten, dass alle – einschließlich Bambie – Beifall geklatscht hatten.

Nun hatte sie ihren Panthergang in der Buchhandlung noch einmal vorgeführt. Dabei hatte man wirklich den Eindruck, einen Panther vor sich zu haben.

»Heute Nachmittag«, erklärte Anastasia, »üben

wir richtiges Sprechen. Ich glaube, das liegt mir mehr als das Gehen.«

»Wenn Bambie Browne wieder ihre Shakespeare-Nummer abzieht«, sagte Henry und begann Bambie nachzuäffen, »›des gift'ger Mund nie reine Lüfte eingehaucht‹, dann kann ich für nichts garantieren. Dann wird hundertprozentig ein Kommentar aus einem gift'gen Munde kommen. Und zwar aus meinem!«

Barbara Page machte missbilligend »ts, ts . . .«, aber Anastasia sah, dass sie sich innerlich amüsierte.

Während sie zu dritt Brötchen mit Eiersalat verspeisten, sagte Anastasia: »Wissen Sie, dieser Kurs an dem Model-Institut macht richtig Spaß. Der Friseurbesuch und die Make-up-Schulung waren auch lustig, genau wie das Gehen heute früh, obwohl sich herausgestellt hat, dass ich eine Giraffe bin.«

»Versuch es doch auch mal als Panther«, schlug Henry vor, während sie etwas Pfeffer auf ihren Eiersalat streute.

Anastasia schnitt eine Grimasse. »Ich glaube nicht, dass ich etwas Pantherhaftes an mir habe, Henry. Ich bin zu trampelhaft. Außerdem mag ich Giraffen.«

»Ich mag Giraffen auch«, sagte Barbara Page. »Mein Mann und ich haben letztes Jahr in Afrika eine Safari gemacht und wir haben jede Menge Giraffen gesehen.«

Henrys Augen wurden groß. »Eine Safari?«, sagte sie hingerissen. »In Afrika?«

»Wer passte auf Ihren Laden auf, während Sie unterwegs waren?«, fragte Anastasia.

Barbara schien etwas überrascht. »Der war geschlossen«, sagte sie. »Vermutlich hätte ich eine Vertretung suchen sollen. Aber ich kenne niemanden, dem ich die Verantwortung für die Seniorengruppe und die Kindergartenkinder und meine langjährigen Kunden anvertrauen könnte. Deshalb mache ich das Geschäft immer zu, wenn ich verreise.«

»Sie sollten eine Assistentin einstellen und sie nach und nach anlernen«, schlug Anastasia vor.

»Hm, vielleicht.«

»Eine junge Assistentin«, sagte Anastasia.

»Hm, vielleicht.«

»Jemanden wie mich«, erklärte Anastasia.

Barbara lächelte. »Keine schlechte Idee«, sagte sie. »Vielleicht können wir uns nächsten Sommer über eine Teilzeitbeschäftigung unterhalten. Und dann, wenn du älter bist, könnte ich dir den Laden überlassen und mit meinem Mann wieder nach Afrika fahren. Ich würde gerne noch einmal hinfliegen.«

»Ach, richtig, da fällt mir etwas ein«, sagte sie plötzlich. »Als du hereingekommen bist, Henry, hast du mich an etwas – oder jemanden – erinnert, aber ich wusste nicht gleich, was es war. Vorhin ist es mir eingefallen – schau!« Sie ging zu dem Regal mit der Aufschrift REISEN und griff nach einem großen Bildband. Sie blätterte ihn rasch durch, fand das Gesuchte und drehte sich um, um Henry und Anastasia eine Fotografie zu zeigen.

»Himmel«, sagte Henry leise. »Meine neue Frisur.« Sie nahm das Buch in die Hand und setzte sich.

Anastasia beugte sich zur Seite und spähte über Henrys Schulter. Sie sah das Bild einer Massaifrau. Diese war in ein rotes Tuch gehüllt und trug eine auffallende Holzperlen-Halskette. An ihren Ohren baumelten große Ohrringe aus denselben Kugeln. Ihre Haare waren höchstens einen Zentimeter lang, genau wie die von Henry, und sie hatte dieselben hohen Wangenknochen wie Henry, denselben schlanken Hals und dieselben großen, dunklen Augen.

»In Kenia und Tansania habe ich viele Frauen gesehen, die ähnlich aussahen wie sie – und du«, sagte Barbara Page. »Wunderschöne Frauen.«

Henry schlug den Bildband langsam wieder zu und legte ihn auf den Schreibtisch. Sie sah plötzlich etwas besorgt drein. »Was meinen Sie – was ist, wenn all diese Frauen auf die Idee kommen, zu uns nach Amerika zu kommen und ein Model-Institut zu besuchen?«, fragte sie. »Ich glaube nicht, dass ich gegen eine solche Konkurrenz ankäme.«

Barbara Page lachte. »Das halte ich für unwahrscheinlich«, sagte sie.

»Darf ich mir die Kinderbücher anschauen?«, fragte Henry. »Ich habe zwei kleine Neffen, die total auf Bilderbücher stehen.«

»Klar. Schau dir zuerst die auf dem kleinen Tischchen dort drüben an, und wenn dir eines davon gefällt, schenke ich es dir. In der Kindergartengruppe, die jede Woche zu ihrer Vorlesestunde kommt, gibt es immer wieder Kinder mit schmutzigen Händen. Und hinterher sind die Bücher lädiert, so dass ich sie nicht mehr verkaufen kann.«

Während Henry die Kinderbücher auf dem Tischchen durchblätterte, rutschte Anastasia ein Stück näher zu Barbara Page und senkte die Stimme. »Ich sagte Ihnen doch, dass ich ein Buch kaufen möchte«, begann sie.

Barbara Page lachte. »Sei nicht albern. Nimm eines der Kinderbücher für deinen kleinen Bruder mit – kostenlos. Du glaubst doch nicht, dass ich Geld von dir nehme, oder?«

»Nein, warten Sie«, flüsterte Anastasia. »Ich meine es ernst. Aber ich wusste noch nicht, welches Buch ich möchte. Aber jetzt weiß ich es. Ich möchte das da kaufen.« Sie deutete auf den Bildband über Afrika, der noch auf dem Schreibtisch lag. »Ich möchte es für Henry kaufen, damit sie sich immer wieder die wunderschöne Massaifrau anschauen kann.«

Barbara Page lächelte. »Tut mir Leid, Anastasia. Aber es ist unverkäuflich. Ich habe es bereits jemandem versprochen.«

»Schade.«

Das Telefon läutete. »Willst du rangehen, Anasta-

sia? Sozusagen als Training für deine Buchhändler-
karriere. Nimm den Apparat vorne im Verkaufsraum. Ich habe hier noch ein paar Sachen zu erledi-
gen.«

Anastasia nickte und eilte in den Verkaufsraum,
wo ein Wandtelefon hing. »Pages, guten Tag«, sagte
sie, genau wie sie Barbara Page am Telefon hatte sagen hören. Henry, die noch am Kindertischchen saß,
schaute zu ihr herüber und grinste.

»Barbara?«, fragte eine weibliche Stimme.

»Nein«, antwortete Anastasia, »Mrs Page ist im
Moment beschäftigt. Ich bin ihre Assistentin. Was
kann ich für Sie tun?« Weil es angeblich Glück bringen sollte, überkreuzte Anastasia schnell ihren Zei-
ge- und ihren Mittelfinger, in der Hoffnung, dass
die Frau etwas fragen würde, das sie beantworten
konnte.

»Nun, ich brauche ein Geschenk für eine Freundin.
Können Sie mir etwas empfehlen? Aber keine Bellet-
ristik.«

Anastasia warf einen Blick auf die Regale. Sie sah
Kochbücher, Gartenbücher, Biografien, Reisebücher
und Bildbände.

»Ähm . . . Moment mal. Welche Interessen hat Ihre Freundin?«, erkundigte sie sich.

»Sie ist literarisch sehr bewandert«, antwortete die
Frau am Telefon. »Wissen Sie, sie ist Bibliothekarin
an einem Jungeninternat.«

Plötzlich blieben Anastasias Augen an einem ganz bestimmten Buch hängen.

»In diesem Fall«, sagte sie selbstsicher ins Telefon, »würde sie sich bestimmt über eine handsignierte Ausgabe freuen. Ganz zufällig haben wir ein signiertes Exemplar des letzten Gedichtbandes des Dichters Myron Krupnik vorliegen.«

»Myron Krupnik? Habe ich von dem schon gehört?«

»Das nehme ich doch an«, sagte Anastasia. »Die *New York Times* bezeichnete ihn neulich als Meister der kontemporären Metaphern.«

»Oje! Aber gut, ich glaube, so etwas trifft ihren Geschmack. Und Sie sagten, es ist mit Autogramm?«

»Aber ja. Er hat zwar eine fürchterliche Handschrift, aber wissen Sie, viele berühmte Leute haben eine fürchterliche Schrift. Ich kenne jemand, der ein Autogramm von Bruce Springsteen ergattert hat, und auch Bruce Springsteen hat eine fürch. . .«

»Ja gut, können Sie diesen Band als Geschenk verpacken und ihr direkt zusenden? Ich gebe Ihnen meine Adresse, und dann können Sie es meinem Konto belasten.«

Anastasia notierte die Anschrift fein säuberlich. Nachdem sie wieder aufgehängt hatte, marschierte sie triumphierend ins Hinterzimmer, wo Barbara Page noch immer an ihrem Schreibtisch saß. »Ich habe ein Buch verkauft!«, rief Anastasia strahlend.

»Im Ernst?« Barbara Page war entzückt.

»Den Gedichtband meines Vaters! Die Kundin will, dass Sie es direkt an ihre Freundin schicken. Hier ist die Adresse.«

»Anastasia, ich bin davon überzeugt, dass du eine großartige Buchhändlerin werden wirst. Vielen Dank«, sagte Mrs Page. Dann schaute sie auf die Uhr. »Oh nein, es ist schon fast eins. Ihr zwei müsst wohl wieder in euer Institut und das Sprechen üben. Allerdings habe ich nicht den Eindruck, dass eine von euch damit Probleme hätte.« Sie überreichte Anastasia und Henry je eine Büchertüte, auf der in großen blauen Buchstaben PAGES stand.

»Was ist das?«, fragte Anastasia erstaunt.

»Ein kleines Geschenk für jede von euch. Und ein paar Kinderbücher mit Klecksern für deinen kleinen Bruder, beziehungsweise deine kleinen Neffen.«

Sie legte einen Arm um jedes der beiden Mädchen. »Kommt mal wieder vorbei«, sagte sie zum Abschied. »Ich würde mich freuen.«

»Klar, und vielen Dank«, sagten Anastasia und Henry.

Als sie durch den Park gingen, machten sie kurz Pause und schauten nach, was sich in den Tüten befand. Anastasia entdeckte ein Buch über Lastwagen für Sam und einen wunderschönen Bildband mit Tieren für sie selbst. Auf die Innenseite hatte Barbara Page geschrieben: »Für meine Freundin und zukünftige Buchhändlerin Anastasia Krupnik. Giraffen sind auch meine Lieblingstiere. Alles Liebe von Barbara Page.«

Henry zog die Bilderbücher heraus, die sie für ihre Neffen ausgesucht hatte. Dann entdeckte sie zu ihrer großen Überraschung auch noch den Bildband, in dem die Massaifrau abgebildet war. Barbara Page hatte auch ihr eine Widmung hineingeschrieben. »Für Henrietta Peabody, die einer jahrtausendealten Kultur großer Schönheiten entstammt.«

Henry bekam vor Staunen den Mund nicht mehr zu. »Anastasia«, stammelte sie. »Ich habe vorhin den Preis gesehen. Das Buch kostet 35 Dollar!«

Anastasia hatte sich schneller wieder gefasst. »Tja«, sagte sie, »sie wollte eben, dass du es bekommst. Wie mein Vater schon sagte, sie ist eine großartige Frau. Außerdem kann sie es sich leisten. Aber trotzdem fürchte ich, dass sie eine echt miserable Buchhändlerin ist.« Plötzlich fiel ihr etwas ein. »Oh nein!«, rief sie entsetzt aus. »Mist! Ich habe schon wieder vergessen, das Interview zu machen!«

Doch Henry hörte ihr gar nicht zu. Langsam und hingerissen blätterte sie ihren Bildband durch, bis sie die Massaifrau gefunden hatte. Während die beiden Mädchen weitergingen, starrte sie noch immer darauf und blätterte dann wieder nach vorne zur Widmung. »Ich bin echt froh«, erklärte sie schließlich, »dass sie meinen richtigen Namen geschrieben hat: Henrietta.«

Anastasia Krupnik

Mein Berufswunsch

Es ist gar nicht so schwierig, Buchhändlerin zu werden. Wenn ein Kunde anruft und einen fragt, welches Buch man ihm empfiehlt, ist es wirklich ganz leicht, ihn davon zu überzeugen, etwas Bestimmtes zu kaufen, zum Beispiel den Gedichtband eines mittelmäßig erfolgreichen Dichters*. Man muss nur ganz freundlich erzählen, in welchen Zeitungen das Werk bereits besprochen wurde. Wenn die Kunden persönlich in das Geschäft kommen, sollte man ihnen dabei natürlich gleichzeitig in die Augen schauen.

Wenn man allerdings eine schrecklich nette Buchhändlerin ist, könnte sich das Problem ergeben, dass man zu viele Bücher einfach verschenkt.

Wenn man zum Beispiel den Gedichtband des mittelmäßig erfolgreichen Dichters* für 12 Dollar 95 verkauft und am selben Tag ein Buch für 35 Dollar verschenkt, ist man vermutlich kein besonders erfolgreicher Buchhändler, obwohl man natürlich ein sehr netter Mensch ist.

Es wäre ratsamer, das Buch für 35 Dollar zu

verkaufen und das für 12 Dollar 95 zu verschenken. Dann wäre man immer noch ein schrecklich netter Mensch, gleichzeitig aber auch ein mittelmäßig erfolgreicher Buchhändler.

* Dr. Myron Krupnik

Zehn

Ich war noch nie in Dorchester«, sagte Anastasia zu Henry, als sie am späten Nachmittag Seite an Seite in der ratternden U-Bahn saßen. »Stell dir das vor! Ich bin in Boston geboren und aufgewachsen, aber in diesem Stadtteil war ich noch nie!«

»Ist doch kein Wunder«, rief Henry aus. »Ich lebe auch schon immer in Boston und war noch nie in dem Stadtteil, in dem du wohnst.«

»Vielleicht kannst du mich ja auch mal besuchen kommen. Du wirst meine Leute mögen.«

»Wie sind sie? Ich meine, ich weiß schon, dass dein Dad berühmt ist und alles. Aber wie sind deine Eltern wirklich?«

»Hm, mein Vater hat einen Vollbart. Der hat dieselbe Farbe wie meine Haare. Und manchmal erzählt er schreckliche Witze und er liebt Sportsendungen im Fernsehen. Wenn er an einem neuen Gedichtband arbeitet, verbarrikadiert er sich in seinem Arbeitszimmer und jammert ständig, dass er den falschen Beruf hat.«

»Ich finde es echt cool, dass er Gedichte schreibt«, sagte Henry. »Manchmal besprechen wir im Unterricht Gedichte. Und jetzt, wo wir in diesem Kurs das richtige Gehen, Sprechen und solche Sachen gelernt haben, kann ich sie bestimmt auch gut vortragen. Vielleicht«, sagte sie und ein breites Grinsen überzog ihr Gesicht, »vielleicht mache ich in Zukunft auch so großartige Gesten wie Miss Schneeflöckchen.«

Die beiden Mädchen begannen laut zu kichern und eine ältere Frau, die in der Nähe saß, starrte sie vorwurfsvoll an. Von den anderen wurde Henry nicht angestarrt, aber nur, weil sie ihre Wollmütze aufhatte. Würde sie diese abnehmen, das war Anastasia klar, würde sie sofort wieder alle Blicke auf sich ziehen. Sie würde sich verwandeln wie Clark Kent, wenn er zu Superman wird. Und sofort würden alle herüberschauen.

»Meine Mutter ist Künstlerin«, fuhr Anastasia fort. »Sie arbeitet daheim, damit sie sich gleichzeitig um meinen kleinen Bruder kümmern kann. Sie illustriert Bücher.«

»Meine Mutter ist Kellnerin. Das ist der anstrengendste Job der Welt. Du solltest mal sehen, wie ihre Füße abends geschwollen sind. Wenn sie nach Hause kommt, nimmt sie zuerst ein Fußbad. Junge, Junge, Kellnerin will ich garantiert nie werden.«

»Klar, natürlich nicht, Henry. Du wirst ein berühmtes Fotomodell.«

»Schön wär's.« Henry setzte sich plötzlich kerzengerade auf und nahm ihre Mütze vom Kopf. Die beiden jungen Männer, die auf der anderen Seite des Ganges saßen, unterbrachen ihre Unterhaltung abrupt, stießen sich gegenseitig an und blickten herüber.

»Wollte nur mal testen«, flüsterte Henry Anastasia grinsend ins Ohr. Dann setzte sie ihre Mütze wieder auf und rutschte wieder in ihren Sitz.

»Was macht dein Vater?«, wollte Anastasia wissen.

»Polizist.«

»Im Ernst? Hat er auch eine Pistole?«

»Was meinst du mit ›hat er auch 'ne Pistole‹? Klar hat er eine. Denkst du, er will als einziger Polizist in Boston ohne Knarre rumlaufen?«

»Hat er schon mal jemanden erschossen?«, fragte Anastasia beeindruckt.

Henry schüttelte den Kopf. »Nö, keinen Einzigen. Aber einmal musste er auf jemanden zielen. Danach hatte er nächtelang Alpträume.«

Anastasia erschauerte. Sie hatte noch nie jemanden gekannt, dessen Vater schon einmal mit der Pistole auf jemanden gezielt hatte.

»Hier müssen wir aussteigen«, verkündete Henry, als der Zug abbremste und schließlich anhielt. Anastasia folgte ihr durch die U-Bahn-Halle und hinauf auf die Straße.

Das Haus der Peabodys lag zwei Straßenblocks entfernt. Es war ein graues Gebäude mit einer großen Veranda.

Im Inneren duftete es schon lecker. Und es ging ziemlich laut zu. Zwei kleine Kinder tobten durch den Flur, als die beiden Mädchen ihre Jacken auszogen und die Mützen absetzten. Henry schnappte eines der Kinder an den Schultern, woraufhin auch das andere stehen blieb und schüchtern zu Anastasia hinaufblickte.

»Das sind die Kids meiner Schwester«, erklärte Henry. »Heute hat Mama ihren freien Tag und spielt Babysitter. Der Schlimme hier ist Jason.« Sie schüttelte seinen Arm und der kleine Junge grinste. »Und der andere hier ist John Peter. Hey, Jungs, sagt Hallo zu meinem Besuch.«

John Peter machte große Augen und bequemte sich dann den Mund aufzumachen. »Hallo«, flüsterte er. Jason entwand sich Henrys Griff und streckte ihr die Zunge heraus. Dann rannten die beiden Kleinen lachend davon.

»Henrietta? Bist du's?«, rief eine Stimme.

Henry hängte ihre Jacke auf und rief zurück: »Ja, Mama. Ich habe Anastasia mitgebracht. Wir kommen gleich.«

»Aber geh bitte normal, Henrietta«, rief ihre Mutter. »Komm mir nicht wieder mit dieser Panthernummer.«

Anastasia folgte Henry in die warme Küche, wo die beiden kleinen Jungen sich auf dem Boden balgten und Mrs Peabody am Ofen stand und in einem großen Topf rührte. Sie drehte sich um, um Anastasia die Hand zu schütteln, als Henry sie ihr vorstellte.

»Nein, was hast du für eine hübsche Frisur«, rief sie aus. »Ich weiß noch gar nicht recht, was ich von Henriettas neuer Frisur halten soll. Sieht aus, als wäre jemand mit dem Rasenmäher drübergegangen.«

»Finden Sie Henrys neue Frisur nicht umwerfend?«, fragte Anastasia ungläubig.

Mrs Peabody betrachtete ihre Tochter stirnrunzelnd. »Na ja – umwerfend –, ich weiß nicht recht. Aber vielleicht muss ich mich zuerst daran gewöhnen«, sagte sie. Dann rief sie ihre Enkel: »Jason! John Peter! Spielt mal etwas Ruhigeres. Wir haben Besuch. Wollt ihr, dass Anastasia denkt, wir halten hier wilde Bestien?«

Die kleinen Jungen überhörten ihren Appell und versuchten weiterhin einander durchzukitzeln. Dabei quietschten sie vor Lachen.

»Henrietta, weck Dad auf und sag ihm, dass das Essen gleich fertig ist.« Henry ging aus der Küche und Mrs Peabody drehte sich wieder zum Herd. »Er hat diese Woche Nachtschicht, deshalb schläft er tagsüber. Ehe er zur Arbeit geht, fährt er dich nach Hause«, erklärte sie. »Aber mach es dir doch gemütlich und setz dich!«

Anastasia setzte sich an den großen Küchentisch. Sie kam sich fast vor wie zu Hause: Es war eine freundliche, warme, duftende Küche, und die kleinen Jungs, die etwa in Sams Alter waren, spielten auf dem Fußboden. Am Kühlschrank hing an einem Magneten ein Topfhandschuh. Sie entdeckte auch eine Teekanne, die die Form eines kleinen Häuschens hatte, genau wie die Teekanne ihrer Mutter.

»Mama wird staunen«, dachte Anastasia, »wenn ich ihr erzähle, dass eine Familie hier in Dorchester dieselbe Teekanne hat wie sie. Ich dachte, außer uns hätte niemand auf der Welt so ein Ding.

Und Mama und Papa und Sam werden staunen, wenn sie erfahren, dass Henrys Vater Polizist ist – genau wie Bobby Hill aus *Polizeirevier Hill Street* – und dass er schon einmal mit der Pistole auf jemanden gezielt hat.«

Plötzlich kam Anastasia ein schrecklicher Gedanke. Henrys Vater würde sie nach dem Essen auf seinem Weg zur Arbeit nach Hause fahren. Das bedeutete, dass sie – Anastasia Krupnik – in einem Polizeiauto zu Hause vorfahren würde. Wer weiß, vielleicht sogar mit Blaulicht. Sie würde mit jemandem fahren, der eine Pistole unter der Jacke stecken hatte. Der Polizeisender würde eingeschaltet sein. Was, wenn ein Anruf kam – ein Notfall! –, und Henrys Vater müsste unterwegs jemanden verhaften? Dann würde sie in einem Polizeiwagen sitzen, vermutlich auf dem Rücksitz, durch ein dünnes Metallgitter von Henrys Vater getrennt, direkt neben einem Schwerverbrecher. Klar, der Schwerverbrecher hätte natürlich Handschellen an. Aber vielleicht würde er sie trotz der Handschellen in seine Gewalt bringen können, sie als Geisel nehmen. Dann würde er durch das Gitter zu Henrys Vater sagen: »Nehmen Sie mir sofort die Handschellen ab, sonst mache ich diese Dreizehnjährige hier kalt.«

Mr Peabody würde diesem Befehl natürlich nachkommen, ganz klar. Schließlich hatte er schon Alpträume, wenn er nur auf jemanden zielen musste. Deshalb würde er aus Angst um Anastasia natürlich sofort anhalten und dem Kerl die Handschellen abnehmen.

Dann wäre Anastasia in der Gewalt eines gewissenlosen Schwerverbrechers.

»Es wäre natürlich nicht die Schuld von Henrys Vater«, dachte Anastasia betrübt und hatte mit einem Mal schreckliches Mitgefühl, zum einen mit ihm, weil er hilflos und schuldbewusst alles mit ansehen müsste, aber hauptsächlich mit sich selbst, weil ein so grausames Schicksal auf sie wartete.

Aber bestimmt würde Mr Peabody seine Waffe ziehen und auf den Kerl zielen. Doch sie – Anastasia Krupnik, das wehrlose, unschuldige Opfer – würde vor dem Schwerverbrecher stehen. Einen Arm hätte er um ihren Hals geschlungen, mit der anderen hielt er ihr vielleicht ein Messer an die Kehle.

»Ich nehme an, Henrys Vater könnte über Funk

das Sondereinsatzkommando rufen«, dachte sie, »wie die im Fernsehen manchmal.« Sie wusste aber nicht ganz genau, was ein Sondereinsatzkommando war und wofür es gut sein sollte. Aber was wäre, wenn dieses Kommando zu spät käme?

Anastasia starrte finsteren Blickes auf die Teekanne, die genau gleich aussah wie die ihrer Mutter, und fragte sich traurig, ob sie die Teekanne ihrer Mutter jemals wiedersehen würde. Ob sie den Donnerstag im *Studio Charmante* überhaupt noch erleben würde? Für den morgigen Donnerstag war Modeberatung angesagt. Anastasia brauchte dringend Rat in Sachen Mode. Alle anderen Kursteilnehmer würden das Vergnügen haben, sich modisch auf den neuesten Stand bringen zu lassen, und sie – Anastasia Krupnik, das arme, unschuldige Opfer – würde gefesselt und geknebelt in einem verlassenen Lagerhaus liegen und noch immer ihre alte Jeans tragen.

Erst als Henry wieder in die Küche kam, wurde Anastasia aus ihren düsteren Gedanken gerissen. »Das ist mein Dad«, erklärte Henry fröhlich. »Dad, das ist meine neue Freundin Anastasia.«

Anastasia hob den Kopf. Mr Peabody stand lächelnd vor ihr und streckte ihr die Hand entgegen. Er trug keine Pistole. Er trug nicht einmal eine Uniform. Er trug eine ganz banale Kordsamthose, genau wie ihr Vater, und einen dunkelgrünen Pulli.

»Hallo«, sagte er. »Freut mich, dich kennen zu lernen, Anastasia.«

»Ich freue mich auch«, sagte sie. Dann überlegte sie. »Ich ... hm, ich weiß gar nicht, wie ich Sie nennen soll. Soll ich Officer Peabody zu Ihnen sagen?«

Er lachte. »Wie wär's mit Frank?«, schlug er vor. »So heiße ich nämlich.«

»Mein Goldfisch heißt auch Frank!«, rief Anastasia entzückt aus.

»Oh Himmel«, dachte sie noch im selben Moment. »Wie dumm von mir! Wie kann man nur zu einem Polizisten sagen, dass man einen Goldfisch hat, der genauso heißt wie er?«

Doch Frank Peabody lachte nur. Seine Frau auch. Und Henry natürlich auch.

»Ihr werdet es nicht glauben!«, rief Anastasia, als sie in das Arbeitszimmer ihres Vaters stürmte, in dem ihre Eltern saßen und gemütlich lasen.

»Was?«, fragten sie wie aus einem Munde.

»Ein Polizist hat mich nach Hause gefahren! Aber er hatte keine Waffe bei sich und fuhr auch nicht in einem Polizeiauto – es war ein alter Kombi wie deiner, Papa, und er sagte, seiner sei auch ständig in Reparatur –, jedenfalls hatte er kein Blaulicht und auch kein Radio. Ich meine, es war schon ein Radio drin, aber keines, mit dem man den Polizeifunk empfangen kann. Deshalb kamen zum Glück keine Notrufe und wir mussten auch nicht anhalten, um jemanden zu verhaften, und Frank trug auch keine Uniform, weil er sich immer erst im Polizeirevier umzieht und . . .«

Ihre Eltern schüttelten den Kopf. »Moment mal«, unterbrach sie ihr Vater. »Immer schön langsam! Was soll das heißen, ein Polizist hat dich nach Hause gebracht? Ich dachte, der Vater deiner neuen Freundin wollte dich zurückbringen.«

»Tat er auch! Wisst ihr, Henrys Vater ist Polizist. Ist das nicht toll? Genau wie Bobby Hill. Wirklich haargenau wie Bobby Hill. Er sieht sogar so aus wie Bobby Hill. Aber er hat noch nie auf jemanden geschossen. Nur einmal musste er auf jemanden zielen und danach hatte er nächtelang Alpträume.« Anastasia musste zuerst Luft holen, ehe sie weitererzählen konnte.

»Und Henrys Mutter«, sprudelte sie weiter, »ist Kellnerin. Die arme Mrs Peabody! Wenn sie abends von der Arbeit nach Hause kommt, hat sie so stark geschwollene Knöchel, dass sie zuerst ein Fußbad nehmen muss, aber heute Abend musste sie kein Fußbad nehmen, weil sie frei hatte und ihre zwei süßen Enkel gehütet hat, einer heißt Jason und der andere John Peter und . . .«

Wieder musste sie eine kurze Pause machen. »Es gab Schmorbraten, und der schmeckte ganz toll. Mama, er war sogar noch besser als dein Schmorbraten, weil in Mrs Peabodys Bratensauce kein einziges

Klümpchen drin war. Nicht einmal das winzigste Klümpchen, kannst du dir das vorstellen? Sie sagte, das Geheimnis sei, dass man das Mehl ganz langsam hineinrühren und dabei ständig rühren muss, mit einer Gabel, und keine Sekunde damit aufhört.

Und wisst ihr, was noch? Ich habe schon wieder vergessen das Interview zu machen, aber das macht nichts, weil Barbara Page die lausigste Buchhändlerin der Welt ist – dauernd verschenkt sie Bücher; ihr werdet staunen, wenn ihr seht, was sie mir geschenkt hat, und dann stellt euch erst einmal vor, was sie Henry geschenkt hat –, und ich durfte auch ans Telefon und habe tatsächlich ein Buch verkauft, ihr werdet Augen machen, wenn ihr erfahrt, was für ein Buch! Ihr werdet es nicht glauben können!

Und morgen ist Modeberatung! Ich hatte schon befürchtet, dass ich sie verpassen würde, weil ich in einem alten, einsamen Lagerhaus liege, gefesselt und mit alten Lappen im Mund, damit ich nicht schreien kann, aber das ist zum Glück nicht der Fall! Deshalb kann ich morgen zur Modeberatung! Und ihr hättet mich heute Morgen sehen sollen, Papa und Mama, als wir das elegante Gehen übten, denn ich war eine Giraffe. Mann, war das lustig! Barbara Page sagte, Giraffen seien ihre Lieblingstiere, und sie kennt sich mit Giraffen aus, weil sie schon einmal eine Safari gemacht hat in Afrika . . .«

Erschöpft ließ Anastasia sich auf die Couch fallen.

»Und das mit dem lustigen Zufall mit der Teekanne habe ich euch noch gar nicht erzählt«, sagte sie müde.

Dr. Krupnik zog den Ärmel seines Pullovers hoch und blickte demonstrativ auf seine Uhr. »Katherine«, sagte er, »es ist zehn Uhr. Hast du eine Ahnung, wo unsere Kinder stecken?«

Katherine Krupnik schüttelte bedächtig den Kopf. »Unser kleiner Sohn ist in seinem Bettchen«, sagte sie. »Aber unsere Tochter? Keine Ahnung!«

»Haha«, sagte Anastasia. »Eure Tochter ist gleich auf dem Weg in ihr Zimmer, um ihren Schulaufsatz zum neunten Mal umzuschreiben.«

Anastasia Krupnik

Mein Berufswunsch

Buchhändlerin zu sein bietet eine Menge
Vorteile, die einem erst nach längeren Recher-
chen in den Sinn kommen.
Die Männer starren einen nicht an.
Man bekommt keine geschwollenen Beine und
braucht keine Fußbäder.
Man muss keine Waffe mit sich herum-
schleppen.
Und auch keine Aktentasche.

Elf

Mama, findest du, dass ich richtig gekleidet bin für einen Tag, an dem wir Modeberatung haben?«, fragte Anastasia, als sie zum Frühstück erschien. Sie stellte sich neben dem Küchentisch in Pose. Sie trug ihre hellblaue Jeans und dazu einen marineblauen Sweater mit der Aufschrift SKI FAHREN IST DAS GRÖSSTE quer über der Brust. »Was auf dem Sweater steht, ist natürlich gelogen. Ich kann gar nicht Ski fahren. Aber ich trage ihn gern.«

»Klar. Ich glaube nicht, dass deine Kleidung heute so wichtig ist, schließlich will man euch etwas beibringen. Das ist dasselbe wie mit einem Friseurbesuch. Da macht man sich vorher auch keine besonders tolle Frisur. Man wird ja erst schön gemacht, beginnt praktisch wieder bei null.«

Anastasias Vater blickte von seiner Zeitung auf. »Aber das versuche ich dir doch schon seit Jahren beizubringen, Katherine«, sagte er. »Du putzt doch auch immer das Haus, bevor die Putzfrau kommt. Das ist so überflüssig wie ein Kropf.«

»Es ist nicht überflüssig«, antwortete Katherine Krupnik. »Ich will nicht, dass sie mich für schlampig hält.«

»Genau, Mama«, stimmte Anastasia ihr zu. »Und ich will nicht, dass Tante Vera und Onkel Charley mich für schlampig halten.«

Sie blickte an sich hinunter. Wie auf all ihren Jeans waren auch auf dieser hier Flicken aufgenäht. Ihr Sweater war vorne an den Ärmeln etwas ausgefranst. »Aber in Wirklichkeit bin ich natürlich schlampig – das ist das Problem«, gestand sie seufzend.

»Nein, das bist du nicht«, widersprach ihre Mutter. »Wenn du dich fein machst, siehst du toll aus. Und deine Kleidung ist nicht schlampig – es ist eben Freizeitkleidung. Du siehst gut aus, glaub mir!«

Erleichtert ließ Anastasia sich am Küchentisch nieder und begann zu frühstücken.

Der Kursraum im *Studio Charmante* sah an diesem Morgen etwas anders aus. Die Stühle waren in einem Halbkreis aufgestellt und an den Wänden war ein großer Spiegel aufgestellt worden. Die fünf Kursteilnehmer – sogar Helen Margaret – schauten immer wieder heimlich auf ihr Spiegelbild. Es war schwer, es nicht zu tun.

Tante Vera redete eine Weile über Farben und Farbkombinationen und verschiedene Bekleidungsstile. Sie hielt ein paar Fotos hoch, um zu demonstrieren, was Freizeitkleidung war (sie sah nicht im Geringsten nach Freizeit aus). Auf den anderen Bildern waren die Moderichtungen Eleganz, Business-

Look, Freizeit- und Reisebekleidung dargestellt. Insgesamt eine ziemlich langweilige Sache.

Doch danach wurde es viel interessanter. Eine Frau im Business-Look (dunkelgrauer Hosenanzug und cremefarbene Seidenbluse) kam an und Tante Vera stellte sie als Chef-Einkäuferin des Modehauses Filenes vor. Sie hieß Sarah Silverman.

Anastasia war auf Anhieb begeistert. Sie mochte Namen, bei denen Vorname und Familienname mit demselben Buchstaben anfingen, wie zu Beispiel bei ihrer Mutter: Katherine Krupnik. Sie begriff nicht, warum ihre Eltern ihr keinen Vornamen gegeben hatten, der mit »K« anfing, zum Beispiel Kim. Kimberley Krupnik würde sich toll anhören. Aber nein, sie hatten sie Anastasia nennen müssen!

Auch zwei gleiche Endbuchstaben wären noch okay gewesen, überlegte sie. Wie bei Henry Peabody: Die beiden »y« am Ende hörten sich gut an.

Anastasia versuchte einen Vornamen zu finden, der mit »k« aufhörte, damit er zu Krupnik gepasst hätte.

Rick. Rick Krupnik.

Jack Krupnik.

Oder vielleicht auch Mick. Wie Mick von den Red Sox. Dass es ein männlicher Vorname war, störte nicht weiter, man musste nur an Henry denken; das war auch ein Jungenname, aber er hörte sich toll an.

Mick Krupnik. Anastasia murmelte ihn ein paar

Mal vor sich hin. Was ihre Eltern wohl sagen würden, wenn sie ihnen erklärte, sie würde ihren Vornamen in Mick ändern?

»Anastasia? Hörst du überhaupt zu?« Sarah Silverman, die Chef-Einkäuferin, beugte sich fragend zu ihr herunter.

»Oh, Entschuldigung«, sagte Anastasia betreten. »Ich glaube, ich war nicht ganz bei der Sache.«

Sarah Silverman lächelte wohlwollend. »Ich habe gerade erklärt«, sagte sie, »dass ich ein Sortiment von Kleidungsstücken aus dem Geschäft mitgebracht habe. Tante Vera verriet mir eure Kleidergrößen. Jetzt werde ich mir jeden von euch einzeln vornehmen und eure Farben und euren Typ analysieren. Danach probiert jeder von euch verschiedene Sachen an und ihr werdet sehen, was zu euch passt und wie ihr euren Typ verändern könnt.«

»Dürfen wir die Sachen behalten?«, fragte Henry.

Sarah Silverman schüttelte den Kopf. »Nein, bedauere. Aber ich kann euch zehn Prozent Abzug vom regulären Verkaufspreis anbieten, falls ihr ein Stück erwerben wollt.«

»Schade«, flüsterte Anastasia. »Ich fürchte, ich kann mir nichts leisten.«

»Ich auch nicht«, flüsterte Henry zurück.

»Wer möchte anfangen?«, fragte Sarah Silverman.

»ICH!« Bambie Browne war schon aufgesprungen.

»Gut.« Sarah Silverman bat Bambie zu sich nach

vorne. Dann nahm sie deren Gesicht in beide Hände und drehte es ins Licht.

»Bambie ist ein klassischer Rottyp«, sagte sie. »Helle Haut und grüne Augen. Zu ihr passen am besten kühle Farben.«

»Ich möchte aber nicht kühl aussehen«, sagte Bambie. »Im Fernsehen ist es wichtig, dass man . . .«

»Ich meinte nicht, dass man in diesen Farben kühl wirkt«, erklärte Sarah Silverman. »Es geht um Blau- und Grüntöne. Diese nennt man kühle Farben, im Gegensatz zu – na ja, das ist nicht ganz einfach zu erklären. Vertrau mir! Und jetzt«, fuhr sie fort, »da Bambie ein klitzekleines Gewichtsproblem hat . . .«

»Unser Ernährungsvortrag war am Dienstag«, erklärte Tante Vera. »Ab sofort achtet Bambie auf Kalorien und solche Sachen.«

Bambie errötete.

Tante Vera ging mit Bambie in das Umkleidezimmer. Anastasia und Henry blickten ihr wenig später ohne großes Interesse entgegen, als sie wieder auftauchte. Sie trug eine grüne Tweedhose und einen großzügig geschnittenen grünen Sweater. Aber zugegeben, ihr standen diese Sachen ziemlich gut.

»Haben Sie auch Schmuck mitgebracht?«, erkundigte sich Bambie neugierig. »Ich würde gerne Goldschmuck tragen. Wenn ich einen Auftritt habe, besonders vor den Fernsehkameras, fände ich es gut, wenn jede Menge goldener Armbänder blitzen, um meine Gestik zu untermalen.«

»Deine Gestik?«, fragte Sarah Silverman verdutzt.

Das ließ Bambie sich nicht zweimal sagen. Sie sagte ein paar Verse aus wer-weiß-welchem Stück auf und fuchtelte aufgeregt mit ihren Armen.

»Ach so«, sagte Sarah Silverman. »Nun ja, Schmuck habe ich leider keinen dabei. Aber ich weiß, was du meinst. Aber andererseits wirst du vermutlich keine sportliche Tweedhose und keinen Sweater tragen, wenn du im Fernsehen auftrittst, oder?«

»Nein, natürlich nicht«, musste Bambie zugeben. »Dafür habe ich spezielle Kostüme, wissen Sie. Ich habe ein Scarlett-O'Hara-Kleid, ein Mary-Sunshine-Kostüm, dann natürlich mein Julia. . .«

Sarah Silverman nickte. »Nun, da kann Filenes natürlich nicht mithalten«, sagte sie. »Aber bleiben wir im Moment bei regulärer Kleidung, Bambie. Zu diesem Outfit gibt es einen ganz zauberhaften, karierten Regenmantel, der wunderbar zu deinen roten Haaren passt.«

Nachdem sie Bambie modisch beraten hatte, kam Robert an die Reihe.

»Wie ihr seht, hat auch Robert ein kleines Gewichtsproblem«, begann sie. »Aber er hat . . .«

Robert ließ sie nicht ausreden. »Ich rechne täglich mit einem neuen Wachstumsschub«, erklärte er.

»Dann werde ich automatisch dünner. Das hat mein Kinderarzt zu meiner Mutter gesagt.«

Anastasia boxte Henry so unauffällig wie möglich in die Rippen und sie mussten sich beide auf die Lippen beißen, um nicht loszulachen.

»Gut«, sagte Sarah Silverman. »Aber schon jetzt hast du deine hübschen braunen Haare und diese tolle olivfarbene Haut. Mal sehen, wie du mit eher sportlicher Kleidung rauskommst.«

Onkel Charley ging mit Robert in den Umkleideraum. Anastasia hatte gerade zu einem genüsslichen Gähnen angesetzt, als er zurückkam. Sie wäre beinahe an diesem Gähnen erstickt, weil sie fast vergessen hätte Luft zu holen. Robert Giannini in einer Marken-Jeans, mit einem rot-gelben Wollhemd und einer Baseballmütze auf dem Kopf bot den erstaunlichsten Anblick, den sie je vor Augen bekommen hatte.

Henry legte zwei Finger an die Lippen und stieß einen durchdringenden Pfiff aus. Robert errötete, grinste und setzte zu einem zweiten gepardenähnlichen Gehversuch an.

Anastasia merkte, dass sie in Roberts Interesse hoffte, dass er es sich trotz der zehnprozentigen Ermäßigung nicht leisten konnte, dieses Outfit käuflich zu erwerben. Hier im vertrauten Rahmen des *Studio Charmante* sah es zugegebenermaßen irgendwie sensationell aus. Doch wenn Robert Giannini mit diesen Designer-Sportklamotten in seinem Siebtklässler-Klassenzimmer auftauchen würde – nun, Anastasia erschauderte bei dem bloßen Gedanken daran, was dann passieren würde.

Robert trampelte mit hoch erhobenem Kopf durch den Raum. Dann fragte er Sarah Silverman: »Was meinen Sie persönlich: Kann jemand, der noch keine Brustbehaarung hat, trotzdem diesen Look tragen?«

Bambie betrachtete bewundernd ihre Fingernägel. Helen Margaret schaute wie üblich auf den Boden. Henry lachte lauthals los. Anastasia hingegen wäre am liebsten im Erdboden versunken. Es wäre schon schlimm genug gewesen, diesen Ausdruck aus dem Mund eines Zoowärters hören zu müssen, der sich über die Behaarung eines Gorillas ausgelassen hätte, obwohl auch das schon ziemlich ordinär gewesen wäre. Robert Giannini jedoch über seine Brustbehaarung reden hören zu müssen war so ziemlich das Ordinärste der Welt und absolut unerträglich. Anastasia starrte an die Decke und versuchte an etwas zu denken, was nicht im Entferntesten mit Brusthaaren zu tun hatte. Bugs Bunny. Sie dachte so angestrengt an Bugs Bunny, dass sie nicht hörte, was Sarah Silverman Robert antwortete.

Schließlich saß Robert irgendwann wieder in seinen alten Robert-Giannini-Klamotten auf seinem Stuhl. Auf eine merkwürdige Art und Weise war es richtig beruhigend, ihn in seinem normalen Outfit zu sehen – wobei normal natürlich streberhaft-bis-zum-Erbrechen bedeutete.

»Und jetzt«, sagte Sarah Silverman und ließ ihren Blick über die Stuhlreihe gleiten, »Helen Margaret.«

Helen Margaret hatte schweigend und reglos dagesessen, als Bambie und Robert ihre Kleidung vorgeführt hatten. Doch nun zog sie den Kopf ein, verschränkte Schutz suchend ihre Arme vor der Brust und flüsterte: »Ich will nicht.«

»Es macht Spaß«, versicherte ihr Bambie. »Trau dich! Drüben hängt ein tolles Kleid, genau deine Größe.«

Helen Margaret schüttelte heftig den Kopf. »Nein«, wimmerte sie.

Robert drehte sich zu ihr um. »Ich weiß, wie du dich fühlst«, sagte er. »Ich kam mir auch wie ein Blödmann vor, als ich da vorne stand und alle mich anstarrten. Aber du darfst es einfach nicht so ernst nehmen, dann wird es erträglicher. Es kann wirklich ganz lustig sein. Komm schon, trau dich!«

Alle im Raum redeten so lange auf Helen Margaret ein, bis diese sich schließlich widerwillig erhob. Sie wirkte völlig verschüchtert. Ihre Schultern hingen nach vorne, ihre Augen waren starr auf den Fußboden gerichtet.

»Du bist ein sehr hübsches Mädchen«, sagte Sarah Silverman bewundernd. »Und Bambie hatte Recht, als sie sagte, dass ich ein tolles Kleid für dich vorgesehen habe. Tante Vera hat mir beschrieben, wie ihr aussieht, und jetzt, wo ich dich sehe, weiß ich, dass ich das Richtige für dich mitgebracht habe.«

Endlich blickte Helen Margaret auf. Mit einem ängstlichen Ausdruck im Gesicht stand sie stocksteif da, während Sarah Silverman ihr Aussehen analysierte.

»Helen Margaret ist sehr zart und zierlich«, sagte sie. »Deshalb würden große Shirts oder Sweater sie erdrücken. Ihr stehen am besten Pastelltöne und dünne, zarte Stoffe. Tante Vera, gehst du mit ihr und hilfst ihr in das hellblaue Kleid?«

Tante Vera nahm Helen Margaret an der Hand und führte sie in das Nebenzimmer.

»Wenn sie gleich wiederkommt«, sagte Sarah Silverman zu den anderen, »wird euch die Luft wegbleiben. Schade, dass sie so schüchtern ist, denn sie sieht absolut großartig aus.«

Plötzlich drangen Geräusche aus dem Nebenzimmer herüber. »Nein! Bitte nicht!«, hörte man Helen Margaret rufen. Dann begann sie zu schluchzen. »Bitte nicht! Ich will nicht, dass . . .! Nein, ich kann nicht . . .!« Die Worte waren kaum zu verstehen, denn die Stimme klang hysterisch, voller Panik, von Schluchzern durchbrochen.

Plötzlich kam Helen Margaret, noch immer mit dem Rock und dem Sweater bekleidet, die sie anfangs getragen hatte, aus dem Umkleideraum gestürmt. Sie hielt sich die Hände vors Gesicht. »Ihr versteht nicht! Ich kann nicht . . .!«, keuchte sie. Sie rannte quer durch den Kursraum auf die Tür zu und war gleich darauf verschwunden.

Mit einem hellblauen Kleid über dem Arm kam Tante Vera aus dem Umkleideraum. »Wo ist sie?«, fragte sie kopfschüttelnd. »Ich weiß nicht, was in sie gefahren ist. Sie stand nur da, stocksteif wie ein Brett, und wollte sich nicht ausziehen. Deshalb begann ich ihre Strickweste aufzuknöpfen, nur um ihr zu helfen, doch da drehte sie plötzlich durch. Schaut nur – sie hat mich sogar gekratzt.« Tante Vera streckte ihren Arm aus und deutete auf einen langen Kratzer, aus dem ein paar Blutstropfen sickerten.

»Sie ist bestimmt auf der Toilette«, sagte Onkel Charley.

Tante Vera und Sarah Silverman gingen sie suchen. Doch gleich darauf kamen sie mit ratlosen Gesichtern zurück. »Sie ist weg«, sagte Tante Vera. »Ihr Mantel ist verschwunden.«

»Nun ja«, unterbrach Onkel Charley das allgemeine betretene Schweigen, »sie kommt bestimmt wieder. Ihre Handtasche liegt noch drüben auf dem Stuhl. Ist mit deinem Arm alles in Ordnung, Vera?«

»Oh ja. Es ist nur ein Kratzer. Hört mal, Kinder, ich glaube, wir machen am besten weiter, als wäre nichts geschehen. Wenn sie zurückkommt, sind wir alle sehr nett zu ihr. Wer weiß, vielleicht hätte ich sie nicht drängen sollen das Kleid anzuprobieren, aber ich dachte mir, sie würde sich freuen, wenn sie merkt, wie hübsch sie darin aussieht.«

»Anastasia«, sagte Sarah Silverman, »wir machen mit dir weiter. Vera sagte mir, du möchtest später Buchhändlerin werden, und deshalb habe ich ein tolles Outfit in deiner Größe dabei: im Business-Stil und sehr intellektuell wirkend. Genau das, was eine erfolgreiche Buchhändlerin tragen sollte.«

Anastasia stand auf. Was hätte sie auch sonst tun sollen? Aber die gespannte Vorfreude blieb aus. Sarah Silverman erklärte, welche Farben und welcher Stil ihr standen, doch es lag eine unangenehme Spannung über dem Raum.

Schließlich stand Robert Giannini auf. »Wir können doch nicht tatenlos herumsitzen und nichts tun«, sagte er mit lauter Stimme. »Wo wohnt sie?«

»In Somerville«, antwortete Onkel Charley. »Die genaue Adresse steht auf der Teilnehmerliste.«

»Okay, dann gehe ich los und versuche sie zu finden«, sagte Robert entschlossen. »Ihr bleibt am besten hier, falls sie wieder auftaucht oder anruft. Ich suche zuerst hier in der Nähe, und falls ich sie nicht finde, versuche ich es bei ihr zu Hause.«

Und dann war auch Robert verschwunden.

Anastasia Krupnik

Mein Berufswunsch

Als Buchhändlerin hat man den großen Vorteil, dass einem nie etwas schrecklich
Peinliches passieren kann.
Niemand brüllt plötzlich los und rennt aus dem
Geschäft, so dass man sich große Sorgen
machen muss. Man muss sich auch nicht vor
fremden Leuten ausziehen.
Und man hat nie mit Kunden zu tun, die über
ihre Brusthaare oder ähnliche Dinge reden.

Zwölf

Der Tag schien endlos lang. Anastasia probierte brav die Kleidung an, die Sarah Silverman für sie mitgebracht hatte, und sie sah auch, dass sie todschick war und dass sie darin toll aussah und dass auch die anderen dieser Meinung waren. Aber die Atmosphäre hatte sich verändert.

Nach Anastasia kam Henry an die Reihe. Anastasia begriff, dass Sarah Silverman Henry absichtlich bis zum Schluss aufgehoben hatte, weil sie wusste, wie sensationell die Veränderung sein würde. Und das war tatsächlich der Fall. Obwohl Robert und Helen Margaret fehlten und trotz der Sorge und Verwirrung infolge ihres Fehlens, war es unheimlich aufregend zu sehen, wie Henry das farbenprächtige Designerkleid vorführte, das Sarah Silverman für sie mitgebracht hatte.

Hoch gewachsen und gertenschlank, wie sie war, glitt Henry in einem bodenlangen aprikotfarbenen Seidenkleid mit der eleganten Geschmeidigkeit einer Pantherin über den schäbigen Linoleumboden. Ihre dunkle Haut schimmerte. Den schwarzen, fast kahl geschorenen Kopf stolz erhoben posierte sie einen Moment lang mit einer beneidenswerten Selbstsicherheit. Dann lächelte sie. Ihr Publikum schwieg vor Ergriffenheit. Bis vorhin hatte Sarah Silverman Erklärungen und Anweisungen abgegeben; doch auch ihr verschlug es bei Henrys Auftauchen die Sprache. Anastasia hatte eben noch Witze gemacht, jetzt konnte sie nur noch die Luft anhalten. Sie spürte ein komisches Kribbeln an der Wirbelsäule. Bambie riss nur die Augen auf und schluckte. Onkel Charley war bis eben geschäftig hin und her gerannt, weil er ständig bei Helen Margaret daheim anzurufen versuchte, aber niemand an den Apparat ging. Nun stand er im Türrahmen, die Arme vor seinem beachtlichen Bauch gefaltet, und riss Mund und Nase auf.

Tante Vera betupfte sich die Augen. »Charley«, flüsterte sie hingerissen, sobald sie sich wieder einigermaßen gefasst hatte. »Auf diesen Augenblick habe ich zwanzig Jahre lang gewartet.«

Es war Henry selbst, die die allgemeine Verzauberung schließlich durchbrach. »Leute«, sagte sie grinsend, »das war noch gar nichts. Wartet, bis ihr meinen Monolog hört.«

Sogar Bambie lachte.

Doch den Rest des Tages machten sich alle Sorgen um Helen Margaret. In der Mittagspause saßen sie zusammen und aßen den gerösteten Reis und die lauwarmen Frühlingsrollen, die Onkel Charley im China-Restaurant gegenüber geholt hatte, und hörten mit an, wie Onkel Charley zum x-ten Mal vergeblich bei der Nummer anzurufen versuchte, die auf seiner Anmeldeliste stand.

»Ich glaube«, sagte Bambie nach einer Weile, »dass sie schreckliche Komplexe hat und eine panische Angst, sich umzuziehen. Ich erinnere mich, dass es mir auch einmal so erging, als ich bei einem Festspiel auf meinen Auftritt wartete. Das Mädchen, das vor mir auftrat, spielte ein tolles Solo auf dem Akkordeon. Vielleicht hätten wir Helen Margaret als Erste drannehmen sollen, dann hätte sie sich nicht so in ihre Komplexe hineingesteigert, weil einige von uns eben mehr Erfahrung haben.«

Niemand gab ihr eine Antwort. Bambie, die eigentlich neuerdings auf Kalorien hätte achten sollen, griff nach einer weiteren Frühlingsrolle.

»Ich finde, wir hätten nicht zulassen dürfen, dass Robert sie suchen geht«, sagte Onkel Charley besorgt. »Der Gedanke, dass der Junge allein in der Stadt unterwegs ist, gefällt mir überhaupt nicht.«

Obwohl ihr selbst nicht ganz wohl war, musste Anastasia jetzt lachen. »Onkel Charley«, sagte sie beruhigend, »um Robert Giannini brauchen Sie sich keine Sorgen zu machen. Ich kenne ihn seit Jahren. Er ist stets für alle Eventualitäten gerüstet.«

»Was, wenn er sich verläuft? Glaubst du, er traut sich nach dem Weg zu fragen? Ich fürchte, Jugendliche in eurem Alter bitten nicht gern um Hilfe.«

»Keine Angst«, konnte Anastasia ihn beruhigen. »Robert Giannini ist nicht wie andere. Er hat keine Hemmungen. Auf keinem Gebiet.«

Für den Nachmittag hatte Sarah Silverman einen Besuch in der Teenager-Abteilung von Filenes geplant.

»Warum geht ihr nicht schon los?«, schlug Tante Vera vor. »Onkel Charley und ich bleiben hier, falls Robert und Helen Margaret zurückkommen.«

Deshalb gingen Henry, Anastasia und Bambie mit Sarah Silverman ins nahe gelegene Filenes und schauten sich die Kleidung an, redeten mit den Verkäuferinnen und Verkäufern und durften zuschauen, wie in den Hinterzimmern neue Schaufensterfiguren ausstaffiert wurden.

Sie gingen allerdings nicht ins Untergeschoss, wo der Schnäppchenmarkt war. »Sarah«, erkundigte sich Anastasia neugierig, »stimmt es, dass im Untergeschoss die Leute die Sachen in aller Öffentlichkeit anprobieren?«

Sarah nickte schmunzelnd. »Sollen wir einen Blick ins Untergeschoss werfen?«

»Nein danke«, sagte Anastasia hastig. »Ich stehe nicht sonderlich auf den Anblick von Leuten in Unterwäsche.«

»Sind hier eigentlich auch Models beschäftigt?«, wollte Henry wissen.

»Wir engagieren welche, wenn wir eine Moden-schau veranstalten«, antwortete Sarah.

Henry zögerte. »Hm . . .«, begann sie dann vor-sichtig. »Meinen Sie, es wäre möglich, dass ich . . . ich meine, wenn ich etwas Übung und so habe, dass ich eines Tages . . .«

Sarah Silverman grinste. »Meine liebe Henry«, sagte sie, »ich habe mir deine Telefonnummer schon notiert. Du wirst garantiert von mir hören.«

Tante Vera und Onkel Charley saßen bei einer Tasse Kaffee und sahen wieder einigermaßen beruhigt aus, als die kleine Gruppe von ihrem Ausflug ins Filene zurückkehrte.

»Robert hat angerufen«, verkündete Onkel Char-ley. »Er hat sie gefunden.«

»Wo? Was war los? Was hat er gesagt?«, fragten Bambie, Anastasia und Henry alle gleichzeitig.

»Hey, immer mit der Ruhe. Schön der Reihe nach. Ich werde euch alles sagen, was ich erfahren habe. Robert berichtete, dass er sie gefunden habe – er sag-te allerdings nicht, wo – und dass alles okay sei. Und dass sie beide morgen wieder zum Kurs kommen.«

»Morgen ist unser letzter Tag, Mädchen«, gab Tan-te Vera zu bedenken.

»Echt? Schade!«, rief Anastasia. Sie hatte jedes Zeitgefühl verloren.

»Und morgen kommt die Videokamera wieder

zum Einsatz. Wir machen die Nachher-Aufnahmen und vergleichen sie mit den Vorher-Bildern.«

»Bei mir wird man bestimmt eine Verbesserung feststellen«, sagte Bambie voller Überzeugung. »Ich habe meinen Julia-Monolog zu Hause noch einmal geübt. Es sieht wirklich besser aus, wenn ich zum Abschluss über einem Stuhl zusammensinke. Dann kann ich das Fläschchen mit dem Gift noch hochhalten, so . . .« Theatralisch hob sie einen Arm.

Henry knurrte unwillig.

Anastasia war sich kein bisschen sicher, ob ihr Nachher-Film besser sein würde als ihr Vorher-Film. Okay, ihr neuer Haarschnitt war sicher von Vorteil, das stand fest. Sie sah wesentlich gepflegter aus als früher. Und wenn sie sich etwas Mühe gab, konnte sie sicher direkt in die Kamera blicken und klar und deutlich sprechen. Aber ihre Körperhaltung und ihr Gang erinnerten garantiert noch immer an eine Giraffe.

Sie war sich inzwischen ziemlich sicher, dass sie nicht Model werden wollte. Und es machte ihr nichts aus. Sie war allmählich davon überzeugt, dass sie stattdessen eine wirklich gute Buchhändlerin abgeben würde.

»Henry«, sagte Anastasia, als sie mit ihrer neuen Freundin zu der Haltestelle ging, wo sie ihren Bus und Henry ihre U-Bahn nehmen musste, »obwohl ich Robert Giannini eigentlich hasse – ich meine, obwohl ich ihn nicht arg leiden kann –, muss ich zugeben, dass es mich doch beeindruckt hat, als er sich spontan auf die Suche nach Helen Margaret machte. Wir anderen saßen einfach nur herum und machten uns Sorgen, aber der gute, alte Robert, nun ja, er machte sich auf die Socken. Das fand ich echt cool von ihm.«

»Ich auch. Ich mag Robert. Er ist okay.«

Anastasia seufzte. »Vielleicht mag ich ihn in Wirklichkeit auch ein bisschen. Ich wünschte nur, er würde nicht dauernd so scheußliche Dinge sagen wie Brusthaare.«

Henry lachte. »Ich kenne Typen, die sagen noch viel schlimmere Sachen. Dagegen ist das Wort Brusthaare noch rosig.«

»Was sagte er noch mal, was er später werden will – Ingenieur? Darunter kann ich mir nicht viel vorstellen.«

Henry zuckte mit den Schultern. »Ich mir auch nicht.«

»Glaubst du, dass ein Ingenieur viel Geld verdient?«

Henry musterte Anastasia abfällig. »Hör auf damit, von einem reichen Ehemann zu träumen, Kleine. Du musst schon selbst reich werden. Wenn du oder ich unbedingt einen Ehemann haben wollen, okay. Aber wir brauchen ihn nicht um jeden Preis. Genauso wenig wie unsere Mütter. Meine Mutter könnte auch allein von ihrem Verdienst leben und bei deiner ist es dasselbe. Sie haben einen Ehemann, weil sie einen wollten. Bei Bambie liegt der Fall anders, die *braucht* einen Ehemann. Aber doch nicht du oder ich. Capito?«

Anastasia lachte. »Okay, capito.« Dann fügte sie noch hinzu: »Es hat mir wirklich gut gefallen bei euch gestern Abend. Lädst du mich mal wieder ein? Du wirst mich doch nicht gleich wieder vergessen, wenn der Kurs vorbei ist, oder?«

»Mann, wie könnte ich jemanden vergessen, der eine ganze Woche lang meine beste Freundin war? Ich hab doch deine Telefonnummer, oder?«

Anastasia nickte. »Ich werde dich auch nicht vergessen, glaub mir! Wahrscheinlich kann man dich bald auf den Titelseiten der großen Modezeitschriften bewundern, weil du ein berühmtes Model wirst. Aber ich rufe dich schon nächste Woche an, noch bevor du berühmt bist.«

»In Ordnung«, sagte Henry nüchtern. »Ich hoffe, ich werde auf die Titelseite von – wie heißt die Zeitschrift noch mal? –, von *VOGUE* kommen. Gib mir ein oder zwei Jahre Zeit, dann siehst du mich in der *VOGUE*.«

»Aber vergiss nicht, dass du auch aufs College gehen wolltest. Versprich mir, dass du es nicht vergisst.«

»Mann, das hat doch noch hundert Jahre Zeit«,

sagte Henry lachend. »Bis ich alt genug fürs College bin, ist es mit meinem guten Aussehen ohnehin vorbei.«

Ein junger Mann, der neben der Bushaltestelle an einer Mauer lehnte, musterte Henry von oben bis unten, als die beiden Mädchen vorbeigingen. Dann stieß er einen lauten, bewundernden Pfiff aus.

Henry wirbelte herum und funkelte ihn wütend an. »Stopf's dir ins Ohr, Idiot!«, rief sie.

Während der Busfahrt nach Hause dachte Anastasia über die Worte nach, die Henry dem Mann zugerufen hatte. Das war ziemlich mutig gewesen. Verwegen – genau, es war verwegen gewesen.

Anastasia wünschte sich, auch solche Sachen sagen zu können. Es war nicht so, dass sie sie nicht hätte aussprechen können. Verflixt, die Worte an sich waren ganz einfach: »Stopf's.« »Dir.« »Ins.« »Ohr.« »Idiot.« Jedes einzelne dieser Wörter hatte sie schon tausendmal ausgesprochen. Aber alle aneinander gesetzt und in dem richtigen Tonfall – und wenn man dem Betreffenden dabei direkt in die Augen schaute, so wie Henry vorhin –, bekamen diese Wörter eine ganz neue Bedeutung.

»Stopf's dir ins Ohr, Idiot«, murmelte Anastasia übungshalber vor sich hin. Gut. Sie hatte genau den richtigen Tonfall gefunden: empört, anmaßend, verwegen.

Jetzt musste sie nur noch auf die passende Gelegenheit warten. Dass jemand so flegelhaft zu ihr war wie der Mann vorhin zu Henry. Irgendwann würde das schon passieren. Anastasia musste sich öfter darüber aufregen, dass jemand unverschämt zu ihr war.

Richtig, erst letzte Woche war ihr Vater ziemlich unverschämt zu ihr gewesen. Er hatte sie fälschlicherweise beschuldigt seine heiß geliebten Billie-Holiday-Schallplatten durcheinander gebracht zu haben. Dabei war sie völlig unschuldig gewesen; es war wie so oft ihr Bruder Sam gewesen.

Anastasia stellte sich die Szene von letzter Woche noch einmal vor. Ihr Vater hatte sie angefaucht: »Anastasia Krupnik, ich habe dir schon tausendmal gesagt, du sollst deine Finger von meinen alten Platten lassen, aber nie hörst du mir zu!«

Sie stellte sich vor, wie sie ihrem Vater daraufhin direkt in die Augen blicken und sagen würde: »Stopf's dir ins Ohr, Idiot.«

Oh. Nein, lieber nicht. So etwas konnte man nicht zu seinem eigenen Vater sagen, egal wie ungerecht dieser einen auch behandelt hatte.

Na schön, aber wie wäre es mit einem anderen Ereignis, das zufällig auch letzte Woche stattgefunden hatte – als sie mit Sonya wegen der Aktaufnahmen geflüstert hatte und Mr Earnshaw sie deswegen vor der ganzen Klasse bloßgestellt hatte, indem er mit lauter Stimme gesagt hatte: »Komm bitte nach der

Stunde zu mir – voll bekleidet, wenn ich bitten darf!«
Und das mit diesem süffisanten Unterton.

Sie stellte sich vor, wie sie nach vorne an Mr Earnshaws Pult gehen, ihm geradewegs in die Augen blicken und mit lauter Stimme sagen würde: »Stopf's dir ins Ohr, Idiot.«

Schon bei dem bloßen Gedanken daran zuckte sie zusammen. Nein, das wäre mit Sicherheit auch nicht die passende Gelegenheit gewesen.

Der Bus war an der Haltestelle in der Nähe von Anastasias Haus angekommen. »Ein bisschen dalli«, sagte der Busfahrer zu den beiden Jungs, die vor Anastasia ausstiegen. Einer von ihnen hatte ein Päckchen fallen lassen und brauchte schrecklich lange, bis er es wieder aufgehoben hatte. »Ich habe nicht ewig Zeit.«

Oh, das war nun wirklich nicht höflich. »Wenn er es zu mir gesagt hätte«, dachte Anastasia, »dann würde er etwas zu hören bekommen!«

Sie machte ein paar Schritte nach vorne auf die Tür zu. Auf der obersten Stufe stolperte sie und musste Hilfe suchend nach dem Geländer greifen, um ihr Gleichgewicht wieder zu erlangen. »Hey, führ deine Zirkusnummer lieber auf dem Gehweg auf, Kleine.«

Empört wandte Anastasia den Kopf und blickte ihm starr in die Augen.

»'tschuldigung«, murmelte sie verlegen.

Sie war noch immer wütend auf sich, als sie zu Hause eintraf. Sie war so wütend, dass sie ihre Eltern und ihren Bruder nicht einmal begrüßte. Sie warf nur im Hinterzimmer ihre Jacke auf den Boden und stapfte nach oben in ihr Zimmer.

»Du feige Nuss«, beschimpfte sie sich selbst und ließ sich auf ihr Bett fallen.

Frank, der in seinem Goldfischglas wie immer seine Runden drehte, starrte sie mit seinen großen Glupschaugen an. Herrje, heute früh hatte sie vergessen, ihn zu füttern. Anastasia seufzte und streute etwas Fischfutter in sein Glas. Gierig kam Frank an die Oberfläche geschwommen und schnappte nach den Flocken. Dann kam er an den Rand und starrte sie unverfroren an. Dabei machte er den Mund immer auf und zu. Wahrscheinlich wollte er noch eine zweite Portion haben.

Anastasia starrte ihm direkt in die Augen.

»Stopf's dir ins Ohr, Idiot«, sagte sie.

Junge, Junge, tat das gut!

Anastasia Krupnik

Mein Berufswunsch

Eine der schönsten Seiten meines späteren
Berufs – Buchhändlerin – ist die Tatsache,
dass man beim Arbeiten die meiste Zeit über
sitzen kann. Man sitzt bequem da und kann
das Telefon abnehmen, etwas in die Kasse
eintippen oder sogar ein Buch aus dem Regal
nehmen, wenn es nicht zu weit oben steht.
Deshalb ist der Beruf des Buchhändlers wie
geschaffen für Leute, die keinen grazilen
Gang haben. Allerdings muss man manchmal
vielleicht doch aufstehen, um sich mehr Geltung zu verschaffen, zum Beispiel wenn
jemand ein Buch mit Kaffeeflecken zurückgeben will oder wenn jemand etwas sehr
Unhöfliches zu einem sagt. Aber da braucht
man nur kurz aufzustehen und dem Betreffenden direkt in die Augen zu schauen und laut
und deutlich zu sprechen. Man muss dabei
nicht ungrazil durch den Raum gehen oder so.
Danach kann man sich wieder setzen und
voller Genugtuung mit ansehen, wie der
Betreffende beschämt von dannen schleicht.

Dreizehn

Und, mal überlegen, was noch? Welchen Nutzen habe ich aus dieser Woche gezogen? Nun, ich habe eine tolle neue Frisur«, sagte Anastasia, während sie in die Videokamera blickte. Sie war viel weniger nervös als am Montag.

»Ich weiß jetzt, welche Kleidung mir steht, obwohl ich es mir leider nicht leisten kann, sie zu kaufen. Und ich hatte viel Spaß.« Sie grinste.

»Und als Letztes möchte ich noch sagen – und dabei ist es vielleicht das Wichtigste –, dass ich neue Leute kennen gelernt habe. Da wäre vor allem meine neue Freundin Henry Peabody.« Anastasia blickte weiterhin tapfer in die Kamera, aber aus den Augenwinkeln heraus konnte sie sehen, dass Henry Peabody beide Daumen hochstreckte.

»Ende. Vielen Dank.«

Onkel Charley schaltete die Kamera ab und nickte ihr zu. »Gut«, sagte er.

Anastasia kehrte zu ihrem Stuhl zurück und blickte sich um. Sie war als Dritte an der Reihe gewesen. Bambie hatte sich natürlich wie üblich als Erste gemeldet. Allerdings hatte sie sich nicht an die gestellte Aufgabe gehalten – nämlich darüber zu sprechen, welchen Nutzen ihr der Kurs gebracht hat. Sie hatte darauf bestanden, ihren langweiligen Julia-Monolog aufzuführen. Danach, als Onkel Charley Bambies Vorher- und dann die Nachher-Aufzeichnung gezeigt hatte, hatten alle lauthals gelacht. Bambie hatte sich kein bisschen verändert. Ihr Monolog war haargenau derselbe gewesen wie am Montag, mit denselben übertriebenen Gesten an genau denselben Stellen.

Doch das machte Bambie nicht das Geringste aus. Sie hatte sich ja vorher schon toll gefunden. Und deshalb fand sie sich auch nachher ganz toll.

Anschließend kam Henrys Auftritt. Henry hatte sich selbstbewusst vor die Kamera gestellt und über ihre Hoffnungen auf eine Modelkarriere gesprochen. Henrys Auftreten war für die anderen inzwischen keine umwerfende Überraschung mehr, aber trotzdem schwiegen alle und hörten andächtig zu. Sie gab sich jetzt weniger frech als vorher, war selbstsicherer und fröhlicher. Das hatte sie in nur einer Woche gelernt, wie Anastasia verblüfft feststellte. Die Kursgebühr von 119 Dollar hatte sich in Henrys Fall garantiert gelohnt.

Am Ende ihrer kleinen Ansprache, nachdem Henry gesagt hatte: »Ich möchte allen danken, die mir geholfen haben zu begreifen, dass ich als Model tatsächlich erfolgreich werden kann«, hatte sie es sich nicht verkneifen können, mit einem viel sagenden

Blinzeln in Anastasias Richtung noch hinzuzufügen: ». . . und reich.«

Alle hatten Beifall geklatscht.

Robert Giannini und Helen Margaret waren wieder zum Kurs erschienen. Sie saßen Seite an Seite, und Robert hatte gleich gesagt, dass sie erst als Letzte vor die Kamera treten würden. Helen Margaret hatte noch mit niemandem gesprochen, aber sie sah sehr viel gelassener aus als am Vortag.

»Robert? Bist du bereit?«, fragte Onkel Charley.

Robert nickte.

Er lehnte seine Aktentasche gegen ein Stuhlbein und marschierte nach vorne. »Haben Sie mich im Bild? Kann ich anfangen?«, fragte er.

»Los geht's«, sagte Onkel Charley.

Robert räusperte sich. »Ich habe von dieser Woche viel profitiert«, sagte er. »Zum einen habe ich eine neue Frisur, von der ich glaube, dass sie mich reifer wirken lässt.«

»Reifer – wieder einmal typisch Robert«, dachte Anastasia. »Aber was soll's – wenn er gerne reifer wirken möchte, dann lassen wir ihm den Spaß.«

»Auch ich habe neue Leute kennen gelernt«, fuhr Robert fort. »Anastasia kenne ich schon lange, aber Bambie und Henry waren fremd für mich, und ich wünsche allen dreien viel Erfolg für ihre Zukunft.«

»Gähn, gähn, gähn, GÄHN«, dachte Anastasia.

»Aber eine ganz besondere Beziehung habe ich zu

Helen Margaret Howell entwickelt«, redete Robert weiter, »einem ganz außergewöhnlichen Mädchen. Sie und ich waren gestern den ganzen Nachmittag zusammen und wir möchten euch gemeinsam davon erzählen.«

Henry stieß Anastasia in die Seite und beide Mädchen verfolgten mit großen Augen, wie Helen Margaret aufstand und sich neben Robert stellte.

»Helen Margaret, meine Liebe«, sagte Tante Vera hastig, »du brauchst nicht vor die Kamera zu gehen, wenn du nicht möchtest.«

»Ich möchte es aber«, antwortete Helen Margaret leise, aber bestimmt.

Robert räusperte sich wieder. »Als ich Helen Margaret gestern gesucht habe, entdeckte ich sie schließlich, als sie durch den Stadtpark ging.«

»Rannte«, verbesserte ihn Helen Margaret. »Ich bin gerannt.«

»Ja, richtig, ehrlich gesagt rannte sie. Aber sobald ich sie sah, rannte ich ihr nach, die Commonwealth Avenue entlang. Sie bemerkte mich allerdings nicht.«

»Ich weinte«, sagte Helen Margaret. »Vor lauter Tränen in den Augen habe ich überhaupt nichts gesehen.«

Robert nickte. »Ich folgte ihr also durch die Commonwealth Avenue, bis sie schließlich in ein Gebäude ging. Ich wusste, dass sie dort nicht wohnte, weil ich auf der Liste gesehen hatte, dass sie in Somerville . . .«

Helen Margaret erklärte: »Ich wohne bei meinem Onkel und meiner Tante in Somerville.«

»Ich folgte ihr also in das Gebäude«, übernahm Robert wieder das Wort, »und sah, dass sie in die Praxis eines Psy. . .« Er wandte sich an Helen Margaret. »Darf ich es sagen oder macht es dir etwas aus?«

Helen Margaret lächelte. »Nein«, antwortete sie mit ruhiger Stimme. »Ich sage es sogar selbst: Ich ging zu meinem Therapeuten.«

Tante Vera fiel ihr schnell ins Wort. »Kinder, ihr müsst nicht ALLES erzählen. Ich freue mich ja so, dass es Helen Margaret wieder besser geht. Ich glaube, die Aufnahme ist nun lang genug. Danke, Robert und Hel. . .«

»Moment«, unterbrach Robert sie empört. »Dürfen wir noch zu Ende reden? Das ist doch die Wurzel des ganzen Übels – dass es die Leute verlegen macht, wenn jemand über seine Probleme reden möchte. Dann stellt sich jeder taub. Aber wenn man keinen hat, mit dem man reden kann – weil keiner zuhören will –, dann kann man das Problem nicht aus der Welt schaffen. Deshalb gibt es auch so viele Therapeuten – damit die Leute mit Problemen jemanden haben, der ihnen zuhört.«

»Entschuldige, Robert«, sagte Tante Vera betreten. »Macht weiter. Wir hören zu.«

»Ich persönlich weiß das, weil ich als kleiner Junge selbst zu einem Psychiater gehen musste. Meine Eltern wollten es so, weil ich Bettnässer war.«

»Oh nein«, dachte Anastasia entsetzt und blickte peinlich berührt auf den Boden. Klar, sie war natürlich auch erleichtert und froh, dass Helen Margaret wieder da und ihr nichts passiert war, und sie war Robert auch dankbar, dass er Helen Margaret geholfen hatte, aber zu erfahren, dass Robert Giannini in jungen Jahren Bettnässer gewesen war, war so ungefähr das Letzte auf der Welt, was sie interessierte. Abgesehen von so Ausdrücken wie Wurzel des ganzen Übels. Wie viele Peinlichkeiten aus seinem Munde musste sie denn noch ertragen?

Sie drehte den Kopf zu Henry, um ihr einen verschwörerischen Blick zuzuwerfen. Doch Henry hatte nur Augen für Robert und hörte ihm wie gebannt zu.

Anastasia blickte zu Bambie. Doch auch diese schaute interessiert und mitfühlend auf Robert.

Keiner der anderen Anwesenden schien peinlich berührt zu sein. Alle blickten verständnisvoll drein. Vermutlich hatte jeder von ihnen irgendwann schon persönliche Probleme gehabt und niemanden, mit dem er darüber hätte reden können. Auf sie, Anastasia, traf das jedenfalls voll und ganz zu.

Deshalb schaute sie jetzt wieder auf Robert und hörte ihm weiter zu. Sie versuchte ihre Verlegenheit beiseite zu schieben und stattdessen Verständnis zu haben. Und tatsächlich, nach kurzer Zeit war alle Verlegenheit verschwunden.

»Na ja«, sagte er jetzt, »das ist lange Zeit her und dieses Problem ist längst beseitigt. Aber ich weiß noch gut, wie es war, als die anderen Kinder mich auslachten, und ich hatte niemanden, mit dem ich darüber hätte reden können.

Deshalb wartete ich fast eine Stunde lang vor der Praxis des Therapeuten, bis Helen Margaret wieder herauskam. Ich bin fast erfroren, weil ich nur meine Tweedjacke anhatte – ihr wisst doch noch, dass ich gestern meine Tweedjacke anhatte –, jedenfalls saß ich auf den Betonstufen und die Jacke ging mir nicht einmal über den Hintern . . .«

Oh nein. Ausgerechnet jetzt, wo Anastasia es endlich geschafft hatte, ihre Verlegenheit zu verdrängen, musste Robert mit dem Wort Hintern kommen!

Helen Margaret begann zu kichern. Sie stieß Robert mit dem Ellbogen an. »Lass das, Robert. Das interessiert doch niemanden. Komm endlich zum Punkt. Sonst erzähle ich den Rest.«

Eine Sekunde lang schien Robert eingeschnappt zu sein. Doch dann musste er grinsen. »Meinetwegen«, sagte er. »Erzähl du den Rest.«

Helen Margaret holte zuerst tief Luft. »Ich muss vorausschicken, dass ich bei meinem Onkel und meiner Tante wohne, weil meine Eltern tot sind«, sagte sie.

Sie blickte direkt in die Kamera und redete ruhig und klar. »Früher lebte ich in Wisconsin«, fuhr sie fort. »Aber letzten Herbst ist unser Haus abgebrannt. Dabei kamen meine Eltern ums Leben.«

Tante Vera rang nach Luft. »Du gütiger Himmel!«, rief sie. »Das tut mir aber Leid. Du brauchst nicht weiterzuerzählen.«

»Nein, ist schon okay. Ich möchte es erzählen«, sagte Helen Margaret mit fester Stimme. Anastasia bemerkte, dass sie Roberts Hand umklammerte, aber ihre Stimme blieb weiterhin ruhig und fest.

»Sie kamen beide bei dem Brand ums Leben und mein Bruder auch. Ich selbst kam mit schweren Verbrennungen davon. Bis letzten Monat war ich in einem Spezialkrankenhaus hier in Boston.

Inzwischen geht es mir wieder gut. Das alles habe ich Robert erzählt, gestern, als wir beide auf der Treppe vor der Praxis saßen . . .«

». . . und uns den Hintern abfroren«, fügte Robert hinzu.

»Ja, es war ziemlich kalt. Nach einer Weile gingen wir deshalb ins Brigham's und tranken eine heiße Schokolade. Und als wir in diesem Café saßen, habe ich ihm den Rest meiner Geschichte erzählt. Es geht mir inzwischen wieder recht gut, aber es sind sehr viele Narben zurückgeblieben. Nicht im Gesicht.«

Sie lächelte schüchtern in die Kamera. Anastasia

fiel zum wiederholten Male auf, wie ebenmäßig ihre blasse Haut war und wie hübsch sie lächelte.

»Aber an Armen, Brust und Rücken hatte ich schwere Verbrennungen. Nur dank einer Transplantation habe ich dort wieder Haut. Aber ich habe auch viele Narben. Die Ärzte sagten, es dauere noch eine Weile, bis ich mich daran gewöhnt haben werde. Aber ich werde mich wohl oder übel daran gewöhnen müssen, denn sie gehen nie mehr weg.

Ich habe sie noch nie jemandem gezeigt, außer natürlich den Ärzten und Krankenschwestern im Krankenhaus. Ich trage immer langärmelige Sachen, damit niemand meine Narben sieht.

Mein Therapeut hat mir geraten diesen Kurs hier zu besuchen, um wieder ein bisschen selbstbewusster zu werden. Und es gefiel mir auch ganz gut. Meine neue Frisur gefällt mir. Und das Gehen – na ja, ich fand es etwas albern, aber es machte mir nichts aus, wie ein scheues Reh durch den Raum zu gehen.

Aber gestern – hm, es tut mir wirklich Leid wegen gestern. Als Tante Vera im Umkleideraum begann meine Knöpfe aufzumachen, da . . . da hätte ich ihr alles erklären sollen, aber irgendwie konnte ich es nicht. Ich bin einfach ausgeflippt.«

Bambie Browne sagte: »Ich kann wirklich gut verstehen, wie du dich gefühlt hast. Ich bin auch einmal ausgeflippt bei einem Schönheitswettbewerb für Grundschüler, ich glaube, es war bei der Wahl der

Miss Apfelbäckchen. Jedenfalls hat ein anderes Mädchen Pepsi über mein schönes, neues Kleidchen gesch. . .«

Alle Anwesenden begannen lauthals zu lachen.

»Also ehrlich«, sagte Bambie gekränkt, »es war überhaupt nicht lustig.«

»Stopf's dir ins Ohr, Idiot«, dachte Anastasia. Aber sie hütete sich es laut auszusprechen.

»Wie dem auch sei«, fuhr Helen Margaret fort, »es tut mir aufrichtig Leid, dass ihr euch Sorgen um mich gemacht habt. Inzwischen ist wieder alles in Ordnung. Aber ich konnte dieses Kleid nicht vorführen, nicht mit den kurzen Ärmeln und dem tiefen Ausschnitt. Eines Tages vielleicht, aber jetzt noch nicht.«

»Mist!«, brüllte Onkel Charley plötzlich. »Die Kassette ist zu Ende.«

»Schade«, sagte Helen Margaret lächelnd. »Ich bin noch nicht dazu gekommen, zu sagen, welchen Nutzen ich aus dem Kurs hier gezogen habe.«

Tante Vera ging zu ihr hinüber, nahm sie in die Arme und drückte sie an sich. »Oh doch, das hast du, mein Schatz. Eigentlich sollten wir dich dafür bezahlen, was du uns beigebracht hast!«

Mit einem Schmunzeln fügte sie noch hinzu: »Aber untersteh dich deine Kursgebühr zurückzuverlangen. Das Geld ist schon für die Stromrechnung draufgegangen!«

»Entschuldigen Sie, dass ich Sie während der Arbeitszeit störe«, sagte Anastasia in den Hörer. Sie stand in der Telefonzelle vor McDonald's.

Barbara Page lachte. »Keine Bange. Im Moment bin ich ganz allein im Laden.«

»Also, ich wollte mich noch einmal für die Bücher bedanken, die Sie mir und Henry geschenkt haben. Aber ich rufe auch an, weil wir das Interview noch nicht gemacht haben. So langsam werde ich nervös, weil ich den Aufsatz am Montag abgeben muss. Ich habe also nur noch dieses Wochenende Zeit. Ich habe schon zwölfmal damit angefangen, aber keine meiner Einleitungen gefällt mir so recht. Deshalb wollte ich Sie noch ein paar Dinge fragen. Darf ich?«

»Aber klar. Schieß los!«

Anastasia schaute auf ihren Zettel mit den offenen Fragen, die sie am Vorabend notiert hatte.

»Wer eignet sich Ihrer Meinung nach am besten für den Beruf eines Buchhändlers?«

»Jemand, der Bücher liebt«, antwortete Barbara Page.

»Klar, das finde ich auch. Aber finden Sie nicht auch, dass dieser Jemand außerdem gern mit Menschen zu tun haben muss, zudem gut organisieren können muss und entschlossen und selbstbewusst sein sollte und ein gewisses verkäuferisches Talent haben muss?«

»Selbstverständlich«, antwortete Barbara Page.

»Gut. Nun zur zweiten Frage: Welche Ausbildung und Erfahrungen braucht man als zukünftiger Buchhändler?«

»Hm, darüber habe ich noch nie groß nachgedacht. Damals, als ich beschloss Buchhändlerin zu werden, konnte ich nur gut reiten und Cello spielen.«

»Aber braucht man nicht einen College-Abschluss, zum Beispiel in Literatur, und sollte man nicht auch einen Kurs in Buchhaltung absolviert haben? Und vielleicht wäre es auch nützlich, schon in jungen Jahren in den Sommerferien in einer Buchhandlung zu jobben? Und vielleicht wäre auch ein Modelkurs ganz gut, damit man Selbstvertrauen, modisches Gespür und ein gefälliges Äußeres hat?«

»Klar, hört sich gut an«, sagte Barbara Page. »Ich an deiner Stelle würde aber das Cellospielen noch erwähnen.«

»Wie Sie meinen«, sagte Anastasia. »Nun zur nächsten Frage: Was sind die negativen Seiten des Buchhändlerberufs?«

»Keine. Es gibt keine.«

»Aber könnte es nicht ein Problem sein, dass man manchmal ein paar Stunden lang allein im Geschäft ist und kein Kunde vorbeikommt?«, fragte Anastasia vorsichtig.

»Aber nein«, widersprach Barbara Page. »Dann kann man doch wunderbar lesen.«

Anastasia ließ sich diese Aussage durch den Kopf

gehen. »Also ist das ein positiver Aspekt, kein negativer. Okay, ich notiere: keine negativen Seiten. Und meine nächste Frage lautet: Welches sind die positiven Seiten? Ach richtig, das haben Sie ja schon beantwortet. Gibt es noch andere gute Seiten?«

Barbara Page lachte. »Denk doch nur an all die interessanten Leute, die ich durch meinen Beruf kennen lerne. Zum Beispiel dich und Henry. Ich hätte euch nie getroffen, wenn ich keine Buchhandlung hätte. Deinen Vater übrigens auch nicht. Oder die Seniorengruppe oder meine Kindergartenschüler oder den netten Mann von UPS oder den alten Mr Cook, der weiter oben in der Straße wohnt und schon dreiundneunzig Jahre alt ist und immer noch begeistert Bücher über das Bergsteigen liest, oder den Mann, der mich immer per R-Gespräch aus dem Gefängnis anruft und mit mir über Bücher redet, weil er außer mir niemanden kennt, mit dem er über die Bücher reden kann, die er gerade liest, und . . .«

»Per R-Gespräch?«

»Das stört mich nicht.«

»Nun, ich glaube, das ist ein Fall für sich. Okay, das waren schon alle meine Fragen, Mrs Page – vielen Dank. Jetzt kann ich meinen Aufsatz schreiben. Ich freue mich schon darauf. Aber ich muss Ihnen noch ein Geständnis machen.«

»Ein unheimliches, schauriges Geständnis, das einem eine Gänsehaut über den Rücken jagt? Mrs Van Gilder aus der Pickney Street liebt Horrorromane, in denen solche Sachen vorkommen.«

Anastasia kicherte. »Nein. Es ist nur so, dass ich am Anfang dieser Woche noch gar nicht wirklich vorhatte Buchhändlerin zu werden. Das habe ich meinen Eltern nur erzählt, damit sie mich nach Boston fahren ließen, damit ich gleichzeitig den Modelkurs machen konnte. Aber jetzt – wissen Sie was? Jetzt, wo ich Sie kenne und lange darüber nachgedacht habe, bin ich zu dem Schluss gekommen, dass ich wahrscheinlich doch Buchhändlerin werden möchte. Ich glaube, dass ich eines Tages eine ziemlich gute Buchhändlerin sein könnte. Ich meine, ich möchte nicht eingebildet klingen oder so, aber ich glaube, dass ich ganz gut Bücher verkaufen kann.«

»Davon bin ich überzeugt. Du bist die Erste, der es gelungen ist, in den letzten drei Monaten einen Gedichtband deines Vaters zu verkaufen.«

Anastasia warf einen Blick ins Freie, auf den gegenüberliegenden Gehsteig. »Oh, Mrs Page«, rief sie. »Ich muss aufhören, weil ich gerade ins McDonald's geschaut habe und Henry . . . Sie hält ihre Cola hoch und macht so komische Bewegungen.«

»Was meinst du mit ›komisch‹?«

»Ich . . . ich bin mir nicht sicher. Sie hält ihren Colabecher hoch und tut so, als wäre Gift darin oder so . . . o nein!« Anastasia lachte laut auf. »Himmel, sie führt gerade die Sterbeszene aus *Romeo und Julia* auf.«

»Ich hab's geschafft!«, verkündete Anastasia am Sonntagnachmittag voller Stolz ihren Eltern. »Der Aufsatz ›Mein Berufswunsch‹ ist fertig. Und ich bin sicher, dass ich dafür eine Eins bekomme. Allerdings gibt es da noch ein kleines Problem.«

»Welches?«, fragte ihr Vater und blickte besorgt von seinem Kreuzworträtsel in der *New York Times* auf.

»Ich weiß noch nicht, wie ich mein Buchgeschäft nennen werde. Barbara Page hatte echt Glück, dass sie einen so tollen Namen hat. Aber was ist mit Krupnik? Kann man eine Buchhandlung Krupniks Bücherecke nennen oder so?«

»Barbara Page hat ihren Nachnamen doch von ihrem Mann«, gab Dr. Krupnik zu bedenken. »Ihr Mädchenname lautete sicher ganz anders.«

»Ach so, logo. Aber wenn ich später heirate, dann habe ich schon eine ganze Liste von Eigenschaften, nach denen ich meinen späteren Ehemann aussuchen werde . . .«

»Tatsächlich?« Ihre Mutter blickte interessiert auf. »Zum Beispiel?«

»Sinn für Humor. Mindestens über einen Meter achtzig. Hundeliebhaber.« Anastasia warf einen etwas vorwurfsvollen Blick auf ihren Vater, der gegen Hundehaare allergisch war, obwohl sie natürlich wusste, dass er nichts dafür konnte. »Solche Sachen eben. Und jetzt muss ich die Liste noch um einen Punkt erweitern: den passenden Namen für eine Buchhandlung. Ich glaube, das macht die Suche nicht einfacher. Außerdem fällt mir gar nichts Passendes ein, weil Page ja schon vergeben ist.«

»Du lieber Himmel«, sagte Mrs Krupnik und blickte wieder in die Zeitung, »das ist tatsächlich ein Riesenproblem. Du wirst deine schönsten Teenager-jahre damit verbringen müssen, nach einem jungen Mann Ausschau zu halten, der Harold Bücherwurm heißt und keine Hundeallergie hat, und dann musst du ihn noch dazu bringen, dir einen Antrag zu machen, damit du deine Buchhandlung ›Bücherwurm‹ nennen kannst.«

»Als ich meinen Wehrdienst machte, kannte ich einen gewissen Ralph Bucher. Die zwei Pünktchen auf dem ›u‹ könntest du ja dazuerfinden. Das würde doch auch gut passen, oder? Aber ich fürchte, dass er inzwischen vergeben ist«, kam es von Mr Krupnik.

Anastasia verzog das Gesicht. »Ihr nehmt mich nicht ernst, Leute«, sagte sie säuerlich. »Papa, darf ich deine Schreibmaschine benutzen? Ich möchte meinen Aufsatz noch tippen.«

Er nickte und Anastasia eilte in sein Arbeitszimmer. Als sie durch den Flur ging, konnte sie noch hören, wie ihre Mutter flüsterte: »Myron, auf der Kunsthochschule hatten wir eine Studentin, die Alexandra Roman hieß. Ich frage mich, ob das nicht auch ein passender Nachname für eine Buchhändlerin wäre.«

Anastasia machte die Tür des Arbeitszimmers hinter sich zu. Sie setzte sich an den Schreibtisch ihres Vaters und blickte sich im Zimmer um – es war ihr Lieblingszimmer im ganzen Haus. An allen vier Wänden standen hohe Regale und alle Regale waren mit Büchern voll gestellt. Sie war von Büchern umgeben, doch nicht nur von Büchern, sondern auch von Seiten, Sätzen, Abschnitten, Geschichten, Kommas, Punkten, Gedichten, Illustrationen, Sammelbänden, Erstausgaben, Hardcover- und Taschenbuchausgaben . . .

Anastasia seufzte. Es war ein zufriedener Seufzer. Sie hatte noch jede Menge Zeit, bis sie ihren Traumberuf antrat, und bis dahin würde ihr schon ein guter Name für ihre Buchhandlung einfallen. Im Moment reichte es ihr, dass sie eine aufregende Woche hinter sich und einen tollen Aufsatz geschrieben hatte. Sie schaltete die Schreibmaschine ein und begann die Überschrift zu tippen.

MRIN VERUFFSCUNSXH

Als Anastasia auf das Blatt schaute, stöhnte sie auf. Vielleicht war das mit dem Modelkurs doch keine so gute Idee gewesen. Ein Schreibmaschinenkurs wäre wahrscheinlich doch nützlicher gewesen im Hinblick auf ihren späteren Beruf!

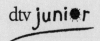

Gegen Motzmienen-Laune!

Schulanfang: Wenn das kein Grund ist, mordsmäßig motzig zu sein. Doch lange hält Judys schlechte Laune nicht. Eine gute Idee jagt die andere. Ein T-Shirt mit der Aufschrift »Ich habe einen Hai gegessen.« zu versehen, ist erst der Anfang.

ISBN 3-423-**70757**-7
Ab 9

Mordsmäßig motzig und grün vor Neid ist Judy, als Jessica den Buchstabierwettbewerb gewinnt und in die Zeitung kommt. Doch Judy ist sich sicher: Es gibt andere Möglichkeiten berühmt zu werden, und die probiert sie der Reihe nach aus.

ISBN 3-423-**70778**-X
Ab 9

dtv juni●r

ISBN 3-423-**70765**-8 Ab 9

Nee, ne! Wanda kann es einfach nicht glauben. Ausgerechnet Fabian Schilling, der Hitzefreiverhinderer und Senkrechtmelder zieht nebenan ein! Aber dagegen kann man ja etwas unternehmen.

Mit ihrer besten Freundin Katti entwirft Wanda einen Rausekel-Plan. Toten Fisch im Haus verstecken ist Punkt eins auf Wandas Liste …